《小学生课外阅读》必读丛书（四）

# 新课标

# 木偶奇遇记

原著：科洛迪（意）

### 彩绘注音版

济南出版社

**图书在版编目（CIP）数据**

木偶奇遇记 / 刘芳,李际霞主编.—济南:济南出版社,
2008.10

（小学生课外阅读）

ISBN 978-7-80710-689-0

Ⅰ.木… Ⅱ.①刘…②李… Ⅲ.童话—意大利—近代—
缩写本 Ⅳ.I546.88

中国版本图书馆 CIP 数据核字（2008）第 154617 号

**《小学生课外阅读》必读丛书（四）**

木偶奇遇记

| | | |
|---|---|---|
| 策　　划 | 刘益宏 | |
| 改　　编 | 刘　芳　李际霞 | |
| 责任编辑 | 于仁和 | |
| 出版发行 | 济南出版社 | |
| 地　　址 | 济南市经七路 251 号（250001） | |
| 印　　刷 | 武汉金苹果印业有限责任公司 | |
| 版　　次 | 2008 年 11 月第 1 版 | |
| 印　　次 | 2008 年 11 月第 1 次印刷 | |
| 开　　本 | 880 × 1230　　1/32 | |
| 印　　张 | 72 | |
| 书　　号 | ISBN 978-7-80710-689-0 | |
| 定　　价 | 129.60 元（全十二册） | |

　　知识是人类文明色彩中的绿色，书籍是蕴藏着丰富知识的沃土，读书则是所有人精神成长、完美人生的必须。

　　法国思想家笛卡尔曾说："阅读优秀名著就像和高尚的人进行谈话，这些伟人在谈话中向我们展示的是他们的智慧、思想。"众所周知，每一部文学名著都是一段历史的缩影，它再现了那段时期的人物、社会、生活习俗、科技水平及其他种种知识。我们从中可以更好地了解历史，学习更多的知识。让我们的孩子多读书，尤其是阅读名著，已经成为社会各界人士和众多家长的共同愿望。

　　在此，我们特地精心编写了这套中外文学名著儿童读本，分辑推出。这些文学名著已被翻译成各种文字，在世界各地广为流传。

　　本辑中，《木偶奇遇记》的主人公由一个调皮、自私、懒惰、厌恶学习的木偶变成了一个热爱劳动、孝敬长辈、好学上进的好孩子；《汤姆索亚历险记》中，汤姆天真活泼、富

MUOUQIYUJI

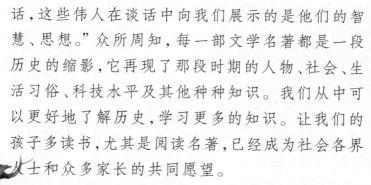

于幻想和冒险、足智多谋、富于同情心,是孩子们学习的好榜样;《童年》生动、真实地描述了作者苦难的童年,充分展示了作者是一个坚强而善良的人;《格列佛游记》用风趣滑稽的语言介绍了作者富有奇幻色彩的游记经历,培养了孩子们的爱国心、自信心、爱心和胆识;《绿野仙踪》让孩子们明白只有团结互助、携手协作,才能共度难关,取得成功;《小王子》通过叙述小王子离开他的星球来到地球的传奇故事,让孩子们懂得了如何选择,如何正确控制自己的行为、情绪和情感……这些名著都有利于培养孩子们良好的习惯和心理素质。

本丛书通俗易懂,趣味性极强,是一套优秀的课外读物。除了内容精彩纷呈、图画精美生动外,我们还给文字加上了注音。孩子们可以兴趣盎然地独自走进名著的世界,轻松愉快地徜徉于知识的海洋。

愿本丛书能陪伴孩子们走过健康、幸福的童年,茁壮成长!

编　者

前言 QIANYAN

# 目录

**目录**

# 第一章 会说话的木头

从前有一段木头。这段木头并不是什么贵重木头，就是柴堆里那种普通木头，扔进炉子和壁炉生火和取暖用的。

有一天，这段木头碰巧到了一位老木匠的铺子里，这位老木匠名叫安东尼奥，大伙儿都管他叫樱桃师傅。因为他的鼻尖红得发紫，亮光光的，活像一个熟透了的樱桃。

樱桃师傅看见这段木头，高兴极了，他满意地低声嘟囔说：

"这段木头来得正好，我要拿它做条桌子腿。"

shuō gàn jiù gàn　　tā mǎ shàng
说干就干，他马上

ná qǐ yì bǎ fēng lì de fǔ zi
拿起一把锋利的斧子，

kě tā zhèng yào kǎn xià qù shí　què
可他正要砍下去时，却

tīng jiàn yí gè hěn xì hěn xì
听见一个很细很细

de shēng yīn yāng qiú tā shuō
的声音央求他说：

kě bié bǎ wǒ kǎn
"可别把我砍

de tài zhòng le
得太重了！"

yīng táo shī fu jīng yà
樱桃师傅惊讶

jí le　　tā yì shuāng yǎn
极了！他一双眼

jing xià shǎ le　　mǎn wū zi gū lū lū zhuàn le yì quān　kě tā yí gè rén yě
睛吓傻了，满屋子骨碌碌转了一圈，可他一个人也

méi yǒu kàn jiàn　　tā dǎ kāi pù zi ménwǎng jiē shang kàn kàn　　yě méi yǒu rén
没有看见！他打开铺子门往街上看看，也没有人！

nà me
那么……

wǒ míng bai le　　　tā yú shì zhuāzhuā tóu shang de jiǎ fà　xiào zhe shuō
"我明白了，"他于是抓抓头上的假发，笑着说，

zhè shēng yīn yì zhǔn shì wǒ tīng cuò le　　wǒ hái shi gàn wǒ de huó ba
"这声音一准是我听错了。我还是干我的活吧。"

tā chóng xīn ná qǐ fǔ zi　zài nà duàn mù tou shang hěn hěn de yì fǔ kǎn xià qù
他重新拿起斧子，在那段木头上狠狠地一斧砍下去。

āi yō　　nǐ bǎ wǒ kǎn tòng le　　hái shi nà hěn xì de shēng yīn
"唉哟！你把我砍痛了！"还是那很细的声音

mán yuàn zhe jiào qǐ lái
埋怨着叫起来。

zhè yì huí yīng táo shī fu dàng zhēn lèng zhù le　yǎn jing xià de gǔ le chū
这一回樱桃师傅当真愣住了，眼睛吓得鼓了出

lái　zuǐ ba zhāng de lǎo dà　shé tou tuō dào xià ba　huó xiàng pēn shuǐ chí li
来，嘴巴张得老大，舌头拖到下巴，活像喷水池里

yí gè yāo guài de shí tou xiàng
一个妖怪的石头像。

děng dào tā chóng xīn néng gòu shuō huà　tā xià de duō duō suō suō　jiē jiē
等到他重新能够说话，他吓得哆哆嗦嗦、结结

bā bā de shuō le qǐ lái
巴巴地说了起来：

zhè ge xì shēng xì qì jiào　āi yō　de shēng yīn　tā dào dǐ shì dǎ
"这个细声细气叫'唉哟'的声音，它到底是打

nǎ er lái de ne　wū zi li kě shì yí gè rén yě méi yǒu　nán
哪儿来的呢？……屋子里可是一个人也没有。难

dào shì zhè duàn mù tou　shì tā xué huì
道是这段木头，是它学会

le xiàng xiǎo wá wa nà yàng yòu kū yòu jiào
了像小娃娃那样又哭又叫

3

ma　　zhè wǒ kě zěn me yě bù xiāng xìn　nà me　bú shì mù tou yòu shì shén
吗？这我可怎么也不相信。那么，不是木头又是什

me ne　nán dào shì mù tou li duǒ zhe gè rén ma　yào zhēn duǒ zhe rén　nà
么呢，难道是木头里躲着个人吗，要真躲着人，那

tā jiù huó gāi dǎo méi　wǒ zhè jiù lái gēn tā suànzhàng
他就活该倒霉，我这就来跟他算账！"

tā shuāngshǒuzhuā zhù zhè duàn mù tou　jiù bǎ tā
他双手抓住这段木头，就把它

wǎngqiángshangzhuàng　zhuàng le yí huì er　tā tíng xià
往墙上撞。撞了一会儿，他停下

lái shù qǐ ěr duo xì
来竖起耳朵细

xì de tīng　kàn
细地听，看

yǒu shén me
有什么

kū shēng méi
哭声没

yǒu tā tīng le　fēn zhōng méi
有，他听了2分钟，没

yǒu　tīng le　fēn zhōng méi yǒu　tīng le
有，听了5分钟，没有，听了10

fēn zhōng　yě méi yǒu
分钟，也没有！

wǒ míng bai le　tā yí miàn
"我明白了，"他一面

zhuā tóu shang de jiǎ fà　yí miàn kǔ
抓头上的假发，一面苦

xiào zhe shuō　nà xì shēng xì qì de
笑着说，"那细声细气地

jiào āi yō de shēng yīn　yì zhǔn shì wǒ zì jǐ tīng
叫'唉哟'的声音，一准是我自己听

cuò le　wǒ hái shi gàn wǒ de huó ba
错了! 我还是干我的活吧。"

zhè huí tā fàng xià fǔ zi　ná
这回他放下斧子, 拿
qǐ páo zi　yào bǎ mù tou páo páo píng
起刨子,要把木头刨刨平。
kě tā yì lái yí qù de gāng nà me yì
可他一来一去地刚那么一
páo　yòu tīng jiàn nà ge hěn xiǎo hěn xiǎo de shēng yīn xī　xī de xiào zhe duì　tā shuō
刨,又听见那个很小很小的声音嘻嘻地笑着对他说:
kuài zhù shǒu　nǐ nòng de wǒ hún shēn guài yǎng yǎng de
"快住手! 你弄得我浑身怪痒痒的!"
kě lián de yīng táo shī fu zhè yì huí huó xiàng zháo le léi dǎ shì de　xià
可怜的樱桃师傅这一回活像着了雷打似的,吓
de tān zuò zài dì shang　tā liǎn dōu biàn le sè　yí xiàng hóng de fā zǐ de
得瘫坐在地上。他脸都变了色,一向红得发紫的
bí jiān　zhè huì er dōu xià de fā qīng le
鼻尖,这会儿都吓得发青了。

· 5 ·

# 第二章 "老玉米糊"要木头

正在这时，木匠铺里进来了一个小老头，他的名字叫做杰佩托，可街坊邻居的孩子要想逗他发顿脾气，就叫他的外号"老玉米糊"，因为他那头黄色假发活像玉米糊。

杰佩托脾气挺坏，谁叫他"老玉米糊"就得倒大霉！他一下子凶得像只野兽，谁也没法对付他。

"您好，安东尼奥师傅。"杰佩托说，"您坐在地上干吗呀？"

"我吗，我在教蚂蚁做算术哪。

倒是什么把您给带到我这儿来啦，杰
佩托老朋友。"

"我是来求您给我帮个
忙的。我想亲手给自
己做个漂亮的木偶，不
是个普通木偶，是个呱
呱叫的木偶，会跳舞，
会耍剑，还会翻跟头。
我要带着这个木偶周
游世界，挣块面包
吃吃，混杯酒喝喝。
您看怎么样？"

"好极了，
老玉米糊！"

还是那个

很细很细的声音不知从哪儿叫起来。

杰佩托一听人家叫他老玉米糊，脸登时气红了，红得像个红辣椒。他向老木匠一下子转过脸来，气乎乎地说：

"您干吗得罪我？"

"谁得罪您了？"

"您叫我老玉米糊……"

"我没叫过您老玉米糊。"

"难道是我叫了吗？我说是您叫了。"

"我没叫！"

他们越来越激动，结果从动口到动手，两个打了起来，又抓又咬，像两只猴子似的。

děng dào yí jià dǎ wán　　liǎng wèi
等到一架打完，两位
xiǎo lǎo tóu hù xiāng jǐn jǐn lā shǒu　dǔ
小老头互相紧紧拉手，赌
zhòu fā shì shuō yǐ hòu yào yí bèi zi
咒发誓说以后要一辈子
zuò hǎo péng you
做好朋友。

　　wǒ xiǎng yào duàn mù tou
　"我想要段木头
zuò wǒ de nà ge mù ǒu　　nín
做我的那个木偶，您
kěn gěi ma
肯给吗？"

　　ān dōng ní ào shī fu tīng
安东尼奥师傅听
le zhè huà zhēn shì xǐ chū wàng wài
了这话真是喜出望外，
mǎ shàng guò qù ná qǐ gōng zuò tái shang nà duàn bǎ tā xià le gè bàn sǐ de mù
马上过去拿起工作台上那段把他吓了个半死的木
tou　kě tā zhèng yào bǎ mù tou jiāo gěi péng you　mù tou měng dì yì niǔ cóng
头，可他正要把木头交给朋友，木头猛地一扭，从
tā shǒu li shǐ jìn huá le chū lái　　zài jié pèi tuō nà hěn xì de xiǎo tuǐ gǔ
他手里使劲滑了出来，在杰佩托那很细的小腿骨
shang hěn hěn de jiù shì yí xià
上，狠狠地就是一下。

　　āi yō　　nín sòng dōng xi gěi rén jia shì zhè me kè qi de ma　wǒ
　"唉哟！您送东西给人家是这么客气的吗？我
de jiǎo jī hū dōu gěi nǐ dǎ qué le
的脚几乎都给你打瘸了。"

　　wǒ fā shì wǒ méi dǎ nín de jiǎo
　"我发誓我没打您的脚。"

nán dào shì wǒ dǎ wǒ zì jǐ de jiǎo bù chéng
"难道是我打我自己的脚不成？"

quán guài zhè mù tou shì tā dǎ nǐ de
"全怪这木头，是它打你的……"

wǒ zhī dào shì mù tou kě bǎ mù tou rēng zài wǒ jiǎo
"我知道是木头，可把木头扔在我脚

shang de shì nín
上的是您。"

zhēng chǎo zhōng tā men yòu dǎ le yí chǎng dà jià
争吵中，他们又打了一场大架。

děng dào zhè yí jià dǎ wán tā men yòu jǐn jǐn lā shǒu
等到这一架打完，他们又紧紧拉手，

dǔ zhòu fā shì shuō yǐ hòu yào yí bèi zi zuò hǎo péng
赌咒发誓说以后要一辈子做好朋

you
友。

jiē zhe jié pèi tuō ná
接着杰佩托拿

qǐ tā nà duàn guā guā jiào de
起他那段呱呱叫的

mù tou xiè guò ān
木头，谢过安

dōng ní ào shī fu
东尼奥师傅，

yì qué yì guǎi de huí
一瘸一拐地回

jiā qù le
家去了。

# 第三章 搞恶作剧的木偶

dì sān zhāng gǎo è zuò jù de mù ǒu

杰佩托一回到他那阴暗的地下室，马上拿起工具，动手就刻他的木偶。

杰佩托先给木偶取了个名字叫皮诺曹，然后就埋头干起活来，一下子就给他刻出了头发，刻出了脑门，刻出了眼睛。

做完眼睛，又做鼻子。鼻子刚做好，它就开始长起来，长啊，长啊，才几分钟，已经变成一个很长很长的长鼻子，还没完没了地长下去。

可怜的杰佩托拼命要把鼻子截短，可他越是截，这个鼻子就毫不客气地变得越是长。杰佩托只好由它了。做完了鼻子做嘴巴。做完嘴巴做下巴，接着做脖子，做肩膀，做肚子，做胳膊，做手。

手刚做好，杰佩托就觉得头上的假发套给拉掉了。他抬头一看，可是看见什么啦？只见他那头黄色假发拿在木偶的手里。

"皮诺曹！……马上把头发还我！"

可皮诺曹不但不把假发还他，反把它戴到自己头上。假发把他整个头套住，几乎把他闷了个半死。

木偶这么没规没矩，杰佩托觉得有生以来还没有这样悲伤难受过。他转脸向皮诺曹说：

"你这个小坏蛋！还没把你做完，你已经这样不尊敬父亲了！真坏，我的孩子，你真坏！"

他擦掉眼泪。接下来只剩下做腿，做脚了。杰佩托把脚一做好，就感到鼻尖上给踢了一脚。

"我这是自作自受！"杰佩托自言自语，"一开头就该想到这一点！现在已经来不及了！"

他抱住木偶，把他放在地板上，要教他走路。皮诺曹的腿僵硬着，不会动。杰佩托挽着他的手，教他一步一步地走。

等到腿一会动，皮诺曹就开始自己走了，接着他满屋子乱跳，最后跑出大门，蹦到街上，溜走了。

"抓住他！抓住他！"杰佩托在后面边追边大叫着。可街上的人看见木偶跑得像匹小马驹，只是停下来望着他出神，都哈哈大笑

qǐ lái
起来。

xìng kuī zuì hòu pèng dào yí gè jǐng chá tā yì bǎ jiù zhuā zhù le pí nuò
幸亏最后碰到一个警察，他一把就抓住了皮诺

cáo de bí zi bǎ tā jiāo huán dào jié pèi tuō shǒu li jié pèi tuō wèi le jiào
曹的鼻子，把他交还到杰佩托手里，杰佩托为了教

xun tā mǎ shàng xiǎng hěn hēn lā tā de ěr duo tā zhǎo lái zhǎo qù jìng zhǎo bú
训他，马上想狠狠拉他的耳朵，他找来找去竟找不

dào ěr duo wèi shén me ne yuán lái tā yí ge jìn er de kè a kè a
到耳朵，为什么呢？原来他一个劲儿地刻啊刻啊，

jìng wàng le gěi tā zuò yí duì ěr duo
竟忘了给他做一对耳朵。

jié pèi tuō méi yǒu ěr duo kě zhuā jiù zhuā zhù mù ǒu de jǐng bèi
杰佩托没有耳朵可抓，就抓住木偶的颈背，

tā yào bǎ tā dài huí jiā tóng shí yáo zhe
他要把他带回家，同时摇着

tóu xià hu tā shuō
头吓唬他说：

zán men xiàn zài huí jiā dào
"咱们现在回家，到

le jiā yí dìng yào suàn
了家，一定要算

qīng zán men zhè bǐ zhàng
清咱们这笔账！"

pí nuò cáo tīng le zhè jù xià hu de
皮诺曹听了这句吓唬的

话，马上就倒在地上，赖在那里不肯再走了。爱看
热闹的人一下子就过来，围成了一大堆，大家七嘴
八舌的。

"可怜的木偶！"有人
说，"他不肯回家是有道理
的！"

又有人不怀好
意地接上去说："杰
佩托这家伙，看着挺

老实，对孩子可真凶！让这个可怜的木偶落到他手
里，他准把木偶剁成碎木片……"

听他们这么一说，那位警察竟把皮诺曹放开，反
倒把可怜的杰佩托送到监狱里去了。杰佩托后悔
极了。

# 第四章 蟋蟀的劝告

皮诺曹被警察放开后，马上撒腿就跑。他拼命地跑啊跑啊，跑到了家里。他推门进去，一下子坐到地上，得意扬扬地吐了一口长气。

这时，他突然听见屋子里有声音叫：

"唧唧，唧唧！"

皮诺曹转过脸，看见一只大蟋蟀在墙上，正慢腾腾地往上爬。

"告诉我，你是谁？"皮诺曹问。

"我是会说话的蟋蟀，在这屋子里已经住了百把年啦。"

"这屋子今天是我的了，"木偶说，"如果您真肯行行好，就请马上走吧。"

"要让我走，"蟋蟀回答说，"可得让我在走以前先告诉你一个大道理。"

"那就说吧，快点！"

"孩子不听父母的话，任意离开家，到头来绝不会有好结果！他们在这个世界上要倒霉，迟早会后悔的！"

"可我明天天不亮，一准就离开这里，我要是呆在这里，就逃不出所有孩子都会遇到的事情：把我送去上学，不是软骗就是硬来，逼着我读书。跟您说句心里话，我一点不想读书，我更爱追蝴蝶，爬树掏鸟窝。"

"可怜的小傻瓜！可你不知道吗，这样你会变成一头大蠢驴，所有的人都要拿你开玩笑的？"

"闭口吧，你这不吉利的坏蟋蟀！"皮诺曹叫道。

可蟋蟀一点不生气，还是用它原来的声调说："你要是不爱上学，那为什么不学个什么行当，给自己挣块面包呢？"

皮诺曹开始不耐烦了，回答说："世界上所有的行当当中，只有一个行当真正合我的心意。"

"什么行当？"

"就是吃、喝、睡觉、玩儿，从早逛到晚。"

"告诉你，"会说话的蟋蟀还是那么心平气和地说，"凡是干这种行当的，最后几乎不是进医院就是进监牢。"

"当心点，不吉利的坏蟋蟀！……你惹我生气

le  kě  yào  dǎo  méi
了可要倒霉！"

kě lián de pí nuò cáo    nǐ zhēn jiào wǒ kě lián
"可怜的皮诺曹！你真叫我可怜……"

wǒ wèi shén me jiào nǐ kě lián
"我为什么叫你可怜？"

yīn wèi nǐ shì yí gè mù ǒu  gèng zāo de shì  yīn wèi nǐ yǒu yí gè
"因为你是一个木偶，更糟的是，因为你有一个

mù tou nǎo dai
木头脑袋。"

tīng le zuì hòu zhè jù huà    pí nuò cáo huǒ mào sān zhàng  měng dì tiào qǐ
听了最后这句话，皮诺曹火冒三丈，猛地跳起

lái  cóng gōng zuò tái shang zhuā qǐ yí gè mù tou chuí zi  jiù xiàng huì shuō huà de
来，从工作台上抓起一个木头槌子，就向会说话的

xī shuài rēng guò qù  zhè yí xià zhèng hǎo dǎ zhòng le xī shuài de tóu  kě lián
蟋蟀扔过去。这一下正好打中了蟋蟀的头，可怜

de xī shuài jiù zhè yàng gěi dǎ sǐ le  tiē zài le qiáng shang
的蟋蟀就这样给打死了，贴在了墙上。

# dì wǔ zhāng  dàn er fēi le
# 第五章  蛋儿飞了

zhè shí hou tiān kāi shǐ hēi le    pí nuò cáo de dù zi yě kāi shǐ gū lū
这时候天开始黑了,皮诺曹的肚子也开始咕噜

gū lū jiào qǐ lái le    tā zhēnxiǎng chī dōng xi
咕噜叫起来了,他真想吃东西。

yú shì    tā mǎn wū zi luàn pǎo    sōu biàn le suǒ yǒu de chōu tì    suǒ yǒu
于是,他满屋子乱跑,搜遍了所有的抽屉、所有

de jiǎo luò    zhǐ xiǎngzhǎo dào diǎn miàn bāo    nǎ pà shì yì dīng diǎn er gān miàn bāo
的角落,只想找到点面包,哪怕是一丁点儿干面包,

kě tā shén me yě méi zhǎo dào    yì dīng diǎn er dōng xi yě méi zhǎo dào
可他什么也没找到,一丁点儿东西也没找到。

zhè shí tā dù zi yuè lái yuè è    yuè lái yuè è    tā chú le dǎ hā
这时他肚子越来越饿,越来越饿,他除了打哈

qian    jiù háo wú bàn fǎ kě yǐ ràng dù zi hǎo guò yì diǎn er    tā dǎ wán yí
欠,就毫无办法可以让肚子好过一点儿。他打完一

gè hā qian jiù tǔ kǒu shuǐ    zhǐ jué de wèi yě yào tù chū lái le
个哈欠就吐口水,只觉得胃也要吐出来了。

zuì hòu tā jué wàng le    kū zhe shuō
最后他绝望了,哭着说:

huì shuō huà de xī shuàishuō de duì    wǒ bù gāi bù tīng bà ba de huà
"会说话的蟋蟀说得对,我不该不听爸爸的话,

逃出了屋子……我爸爸要是在这儿，我就不会……唉哟！肚子饿多难受啊！"

突然，他在一堆垃圾里看到了一个蛋。他连忙扑过去，一个劲儿把蛋捧在手上。他想："煎鸡蛋多好吃呀！"

说干就干，他把煎锅放在一个烧炭的火盆上，等到锅一冒气，卡嗒！他敲破蛋壳，就要把蛋倒进去。可蛋壳里倒出来的不是蛋白和蛋黄，而是一只小鸟。

小鸟又快活又有礼貌，姿势优美地鞠个躬说："多谢您，皮诺曹先生，您让我省了力气，不用

qù nòng pò dàn ké la
去弄破蛋壳啦！"

tā shuō zhe pāi pāi chì bǎng
它说着拍拍翅膀，

cóng dǎ kāi de chuāng zi fēi
从打开的窗子飞

chū qù　bú jiàn le
出去，不见了。

kě lián de mù ǒu zhàn
可怜的木偶站

zài nà lǐ lèng zhù le　yǎn
在那里愣住了，眼

jing dèng dà　zuǐ ba zhāng
睛瞪大，嘴巴张

kāi　shǒu li ná zhe liǎng bàn
开，手里拿着两瓣

dàn ké　tā yì qīng xǐng
蛋壳。他一清醒

guò lái　jiù wā wā de yòu
过来，就哇哇地又

kū yòu jiào　jué wàng de zhí duò jiǎo
哭又叫，绝望得直跺脚。

kě dù zi jì xù gū lū gū lū xiǎng　yuè xiǎng yuè lì hai　tā yòu bù
可肚子继续咕噜咕噜响，越响越厉害，他又不

zhī dào gāi zěn me bàn cái néng jiào tā bù xiǎng　tā jué de hái shi lí kāi wū
知道该怎么办才能叫它不响，他觉得还是离开屋

zi　dào gé bì cūn zi qù kàn kàn　xī wàng néng pèng dào gè hǎo xīn rén　huì
子，到隔壁村子去看看，希望能碰到个好心人，会

shī shě diǎn miàn bāo gěi tā chī chī
施舍点面包给他吃吃。

# 第六章　木头脚烧着了
dì  liù  zhāng　　mù  tou  jiǎo shāozháo le

皮诺曹撒腿就跑，来到一个村子。可村子里一片漆黑，人影也没有一个，铺子都关上了门。每一户人家也关上了门，关上了窗子。

皮诺曹又是绝望又是肚子饿，于是使劲按了一户人家的门铃。不一会儿，有人打开了窗子朝下看，这是个老头儿，戴一顶睡帽，气乎乎地大叫："这么深更半夜的，要干什么？"

"请做做好事，给我点面包行吗？"

老头儿心想准碰上了小坏蛋，不然怎么深更半夜来按门铃呢？

"好吧，你在下面站着，把帽子拿好。"老头说。

皮诺曹没有帽子，他连忙走到窗子底下，伸出双手接着。一大盆水直泼下来，把他从头淋到脚。

他像只落汤鸡似的回到家里，又累又饿，一点力气也没有了。于是他坐下来，把两只又湿又脏、满是烂泥的脚搁到烧炭的火盆上，他就这样睡着了。他睡着的时候，一双木头脚给火烧着，一点一点烧没了。他直到天亮才一下醒来，因为听见有人敲门。

"谁呀？"他打着哈欠，擦着眼睛问。

"是我。"一个声音回答。

这是杰佩托的声音。

# 第七章 父亲的早饭

皮诺曹听到父亲的声音，马上跳下凳子要跑去开门，可他身子摇了那么两三摇，一下子就直挺挺倒在地板上了。

"爸爸，我开不了门。"木偶喊着，他又是哇哇哭，又是在地上打滚。

"为什么开不了？"

"因为我的两只脚被吃掉了。"杰佩托连忙从窗口爬进屋子。他看到皮诺曹躺在地上，没有了脚，赶紧搂住皮诺曹的脖子，把他抱在怀里，哭着说："我的好皮诺曹！你的脚怎么烧掉啦？"

kě lián de pí nuò cáo yì kǒu qì bǎ zì jǐ de zāo yù quán shuō chū lái
可怜的皮诺曹一口气把自己的遭遇全说出来

le rán hòu dà kū qǐ lái kū de nà me xiǎng gōng lǐ wài dōu néng tīng jiàn
了，然后大哭起来，哭得那么响，5公里外都能听见。

jié pèi tuō tīng tā shuō le bàn tiān zhǐ tīng dǒng yì diǎn jiù shì mù ǒu
杰佩托听他说了半天，只听懂一点，就是木偶

è de yào sǐ le yú shì tā dǎ kǒu dai li tāo chū sān gè lí dì gěi
饿得要死了。于是他打口袋里掏出三个梨，递给

tā shuō zhè sān gè lí shì wǒ zhǔn bèi dàng zǎo fàn chī de kě wǒ hěn gāo
他，说："这三个梨是我准备当早饭吃的，可我很高

xìng gěi nǐ chī chī ba chī le lí jiù hǎo le
兴给你吃。吃吧，吃了梨就好了。"

pí nuò cáo bù chī bù xiāo pí de shuǐ guǒ jié pèi tuō zhǐ hǎo ná chū
皮诺曹不吃不削皮的水果。杰佩托只好拿出

yì bǎ xiǎo dāo xiāo hǎo le sān gè lí bǎ lí pí fàng zài zhuō zi jiǎo shang
一把小刀，削好了三个梨，把梨皮放在桌子角上。

pí nuò cáo liǎng kǒu jiù chī diào le
皮诺曹两口就吃掉了

dì yī gè lí tā zhèng yào bǎ lí
第一个梨。他正要把梨

xīn rēng diào jié pèi tuō lán zhù tā de
心扔掉，杰佩托拦住他的

27

shǒu duì tā shuō bié rēng diào zài zhè ge shì jiè shang yàngyàngdōng xi dōu
手，对他说："别扔掉！在这个世界上，样样东西都

huì yǒu yòng de
会有用的。"

pí nuò cáo yí xià bǎ sān gè lí dōu chī le sān gè lí xīn gēn lí pí
皮诺曹一下把三个梨都吃了，三个梨心跟梨皮

yì qǐ bèi jié pèi tuō dōu fàng zài zhuō zi jiǎo shang
一起，被杰佩托都放在桌子角上。

pí nuò cáo dǎ le gè hěn cháng hěn cháng de hā qian jiē zhe yòu kū zhe
皮诺曹打了个很长很长的哈欠，接着又哭着

shuō wǒ dù zi yòu è le
说："我肚子又饿了！"

kě wǒ de hái zi wǒ zài méi shén me
"可我的孩子，我再没什么

kě yǐ gěi nǐ le jiù shèng xià zhè er yì
可以给你了。就剩下这儿一

diǎn lí pí hé lí xīn le
点梨皮和梨心了。"

méi fǎ zi pí nuò cáo
"没法子，"皮诺曹

shuō yào shi méi bié de
说，"要是没别的，

wǒ jiù chī kuài lí pí ba
我就吃块梨皮吧。"

tā yú shì jiáo qǐ lí
他于是嚼起梨

pí lái tā xiān hái wāi zhe
皮来，他先还歪着

diǎn zuǐ kě hòu lái yì
点嘴，可后来一

kuài jiē yí kuài yì zhuǎn
块接一块，一转

yǎn jiù bǎ suǒ yǒu de lí pí dōu chī guāng le　chī wán lí pí　yòu chī lí xīn<br>
眼就把所有的梨皮都吃光了，吃完梨皮，又吃梨心。

děng dào quán bù chī wán　tā xīn mǎn yì zú de pāi pāi dù zi　xìng gāo cǎi liè<br>
等到全部吃完，他心满意足地拍拍肚子，兴高采烈

de shuō　zhè huì er wǒ jué de hǎo shòu le<br>
地说："这会儿我觉得好受了！"

xiàn zài nǐ kàn　jié pèi tuō gěi tā zhǐ chū shuō　wǒ gāng cái shuō de<br>
"现在你看，"杰佩托给他指出说，"我刚才说的

méi cuò ba　děi xué huì bú yào tài tiāo féi jiǎn shòu　bú yào tài zuǐ diāo　wǒ<br>
没错吧，得学会不要太挑肥拣瘦，不要太嘴习。我

de xiǎo bǎo bèi　zài zhè ge shì jiè shang　zán men yǒng yuǎn bù zhī dào huì yù dào<br>
的小宝贝，在这个世界上，咱们永远不知道会遇到

shén me shì qíng　shén me shì qíng dōu huì yǒu<br>
什么事情。什么事情都会有……"

# 第八章　得到脚和新书

木偶肚子一不饿，马上就又哇哇大哭，吵着要一双新的脚。

杰佩托说："凭什么我要给你再做一双脚呢？你准备再从家里溜出去吗？"

"我向您保证，"木偶哭着说，"从今以后我一定做个好孩子，我要去上学读书，叫人看得起……"

杰佩托虽然装出一副凶相，可看着他那可怜的皮诺曹这么受罪，眼里噙着眼泪，心里充满了爱，他不再回答什么话，只是拿起工具和两块干木头，一个劲地干起活来了。

yí gè zhōng tóu bú dào　liǎng zhī jiǎo yǐ jīng zuò hǎo　jié pèi tuō gěi mù
一个钟头不到，两只脚已经做好。杰佩托给木

ǒu jiē shàng le
偶接上了。

mù ǒu yí kàn jiàn zì jǐ yǒu le jiǎo　jiù cóng zhuō zi shang fān xià lái
木偶一看见自己有了脚，就从桌子上翻下来，

luàn bèng luàn tiào de tiào le shàng qiān cì　jiǎn zhí lè fēng le
乱蹦乱跳地跳了上千次，简直乐疯了。

wèi le bào dá nín gěi wǒ zuò de yí qiè　pí nuò cáo duì tā bà ba
"为了报答您给我做的一切，"皮诺曹对他爸爸

shuō　wǒ yào mǎ shàng qù shàng xué　jié pèi tuō hěn gāo xìng　yú shì tā yòu
说，"我要马上去上学。"杰佩托很高兴，于是他又

yòng huā zhǐ gěi tā zuò le yí tào yī fu　yòng shù pí gěi
用花纸给他做了一套衣服，用树皮给

tā zuò le yì shuāng
他做了一双

xié yòng miàn bāo xīn
鞋，用面包心

gěi tā zuò le yì dǐng
给他做了一顶

xiǎo mào zi
小帽子。

kě jié pèi tuō
可杰佩托

méi qián gěi pí nuò cáo
没钱给皮诺曹

mǎi shí zì kè
买识字课

běn ya　méi
本呀！"没

fǎ zi　zhǐ hǎo
法子，只好

zhè me bàn　　jié pèi tuō jiào le　yì shēng　hū rán zhàn qǐ lái　chuānshàng dǎ
这么办！"杰佩托叫了一声，忽然站起来，穿上打

mǎn bǔ dīng de　cū bù jiù shàng yī　pǎo chū mén qù le
满补丁的粗布旧上衣，跑出门去了。

　　　yí huì er gōng fu　tā jiù huí lái le　huí lái de shí hou　tā shǒu li
　　一会儿工夫他就回来了。回来的时候，他手里

ná zhe gěi tā hái zi mǎi de shí zì kè běn　kě duǎnshàng yī méi yǒu le　pí
拿着给他孩子买的识字课本，可短上衣没有了。皮

nuò cáo yí xià zi jiù míng bai le　　tā pū shàng qù bào zhù jié pèi tuō de bó
诺曹一下子就明白了，他扑上去抱住杰佩托的脖

zi　zài tā de zhěng gè liǎn shang dào chù qīn wěn
子，在他的整个脸上到处亲吻。

# 第九章　卖书去看木偶戏
dì jiǔ zhāng　　mài shū qù kàn mù ǒu xì

　　雪一停，皮诺曹就夹着他那本呱呱叫的新识字课本去上学，他一路上高兴极了。"我在学校里，一定要学好多知识，以后凭着我的本领，我要挣许许多多钱。给爸爸买件金丝银线织的上衣，钮扣是宝石做的……"

　　他正激动地说着这番话时，忽然听见远处有音乐声，又是吹笛子，又是敲鼓：的的的，的的的……咚，咚，咚，咚。

　　他停下来竖起耳朵听。"这音乐声是怎么回事？可惜我得去上学，要不……"他站在那里拿不

dìng zhǔ yi kě wú lùn rú hé děi zuò chū jué dìng huò zhě qù shàng xué huò
定主意，可无论如何得做出决定：或者去上学，或

zhě qù tīng chuī dí zi jīn tiān jiù qù tīng chuī dí zi míng tiān zài qù shàng
者去听吹笛子。"今天就去听吹笛子，明天再去上

xué ba qù shàng xué fǎn zhèng rì zi cháng zhe na tā zuì hòu sǒngsǒng jiān
学吧，去上学，反正日子长着呐！"他最后耸耸肩

bǎngshuō
膀说。

shuō gàn jiù gàn tā zǒu dào nà tiáo chà dào shang sā tuǐ jiù pǎo zhuǎn
说干就干，他走到那条岔道上，撒腿就跑，转

yǎn tā jiù lái dào le hǎi biān yí gè xiǎo
眼他就来到了海边一个小

cūn zi de yí gè guǎngchǎngzhōngyāng
村子的一个广场中央，

nà lǐ rén shān rén hǎi dōu wéi zhe
那里人山人海，都围着

yí gè dà péng zhè dà péng
一个大棚。这大棚

shì yòng mù tou hé wǔ yán liù
是用木头和五颜六

sè de bù dā qǐ lái de
色的布搭起来的。

yuán lái shì gè mù ǒu
原来是个木偶

dà xì yuàn
大戏院。

mén piào
门票

xū yào sì gè
需要四个

zǐ er kě tā
子儿，可他

méi qián
没钱。

　　pí nuò cáo xiǎng kàn de yào mìng　tā shén me yě bù guǎn le　dà shēng hǎn
　　皮诺曹想看得要命,他什么也不管了,大声喊
dào　shéi kěn gěi wǒ sì gè zǐ er　mǎi wǒ zhè běn xīn shí zì kè běn ya
道:"谁肯给我四个子儿,买我这本新识字课本呀? "

　　　　zhè běn shí zì kè běn sì gè zǐ er wǒ mǎi　yí gè mài jiù
　　　　"这本识字课本四个子儿我买! "一个卖旧
yī fu de jiào qǐ lái　jiù zhè yàng　shū dāngchǎng mài diào le　xiǎngxiǎng
衣服的叫起来。就这样,书当场卖掉了。想想

nà wèi kě lián de jié pèi tuō ba　tā rú
那位可怜的杰佩托吧,他如

jīn zài jiā　guāngchuān zhe chèn shān　lěng
今在家,光穿着衬衫,冷

de suǒ suǒ fā dǒu　jiù wèi le gěi ér
得索索发抖,就为了给儿

zi mǎi zhè me běn shí zì kè
子买这么本识字课

běn
本!

# 第十章　戏院遇险
dì shí zhāng　xì yuàn yù xiǎn

木偶戏院戏幕已经升起，滑稽戏也开场了。

台上站着花衣小丑和驼背小丑，正吵得不可

开交，台下的观众聚精会神，听着这两个木偶吵架，

哈哈大笑。突然，花衣小丑停止了表演，向观众转

过身来，用手指着观众席后排，用演戏的腔调大叫

起来：

"神啊！我是做梦还是醒着呢？那下边那人不

是皮诺曹吗？"

"正是皮诺曹！"驼背小丑叫道。

"是皮诺曹！是皮诺曹！"所有的木偶同声大

叫，跳到外面台上来。"皮诺曹！是咱们的兄弟皮诺曹！皮诺曹万岁！""皮诺曹，上来，到我这儿来，"花衣小丑叫道，"上来，投到你的木头弟兄们的怀抱里来吧！"

他们这么热请地邀请，皮诺曹一下蹦上了戏台。皮诺曹受到木偶戏班男女演员的狂热欢迎。

不过观众看见戏老不演下去，不耐烦，开始大叫："我们要看戏，我们要看戏！"

这时木偶戏班班主出来了，他个子大，黑色大胡子，就像一大摊墨水迹，老长老长的，从下巴一直拖到地上，他走起路来脚都要踩着这把大胡子，他那张嘴大得像炉口。"你干吗到我的戏院里来捣乱？"班主问皮诺曹说。

"请您相信，先生，这都不怪我……"

gòu le gòu le　　wǎn shang zán men zài suàn zhàng

"够了够了！晚上咱们再算账。"

xì yǎn wán yǐ hòu　mù ǒu xì bān bān zhǔ jiào lái huā yī xiǎo chǒu hé tuó

戏演完以后，木偶戏班班主叫来花衣小丑和驼

bèi xiǎo chǒu　duì tā men shuō　dīng zi shang guà zhe de nà ge mù ǒu　nǐ men

背小丑，对他们说："钉子上挂着的那个木偶，你们

qù gěi wǒ dài lái　wǒ kàn zhè mù ǒu de mù tou hěn gān　bǎ tā rēng dào huǒ

去给我带来，我看这木偶的木头很干，把他扔到火

li　zhǔn néng bǎ huǒ shāo wàng　kǎo shú zhè yì zhī yáng

里，准能把火烧旺，烤熟这一只羊。"

huā yī xiǎo chǒu hé tuó bèi xiǎo chǒu hěn hài pà　zhǐ hǎo fú cóng　yì zhuǎn

花衣小丑和驼背小丑很害怕，只好服从。一转

yǎn gōng fu tā men jiù huí dào chú fáng　jià lái le kě lián de pí nuò cáo　pí

眼工夫他们就回到厨房，架来了可怜的皮诺曹。皮

nuò cáo niǔ lái niǔ qù

诺曹扭来扭去，

pīn mìng dà jiào　wǒ

拼命大叫："我

de bà ba　kuài jiù jiù wǒ

的爸爸，快救救我！

wǒ bú yào sǐ　wǒ bú

我不要死，我不

yào sǐ

要死……"

· 39 ·

# 第十一章　幸运逃生
dì shí yī zhāng　xìng yùn táo shēng

mù ǒu xì bān bān zhǔ chī huǒ rén　　tā jiù jiào zhè me gè míng zi　yí
木偶戏班班主吃火人(他就叫这么个名字)一
kàn jiàn kě lián de pí nuò cáo zài tā miàn qián pīn mìng zhēng zhá wā wā dà jiào
看见可怜的皮诺曹在他面前,拼命挣扎,哇哇大叫,
xīn mǎ shàng jiù ruǎn　kě lián qǐ tā lái le　tā bí zi hū rán fā rè　rěn
心马上就软,可怜起他来了,他鼻子忽然发热,忍
le hǎo dà yí huì er　kě zhōng yú rěn bu zhù　jiù dà shēng dǎ le yí gè pēn
了好大一会儿,可终于忍不住,就大声打了一个喷
tì
嚏。

huā yī xiǎo chǒu yì zhí zài shāng xīn　xiàng chuí liǔ nà yàng wān xià shēn zi
花衣小丑一直在伤心,像垂柳那样弯下身子,
kě yì tīng jiàn dǎ pēn tì　mǎ shàng xǐ róng mǎn miàn　xiàng pí nuò cáo wān guò shēn
可一听见打喷嚏,马上喜容满面,向皮诺曹弯过身
lái　qīng qīng gēn tā yǎo ěr duo shuō　　hǎo xiāo xi　xiōng di　bān zhǔ dǎ pēn
来,轻轻跟他咬耳朵说:"好消息,兄弟,班主打喷
tì le　zhè biǎo shì tā yǐ jīng gǎn dòng　zài kě lián nǐ　rú jīn nǐ yǒu jiù le
嚏了,这表示他已经感动,在可怜你,如今你有救了。"

chángmìng bǎi suì　　pí nuò cáo shuō
"长命百岁!"皮诺曹说。

"谢谢！你爸爸妈妈都活着吗？"吃火人问他。

"爸爸活着，可我从来不知道妈妈。"

"我这会儿要是把你扔到炭火里，谁知道你的老父亲要多么伤心啊！可怜的老头！我很同情他！……啊嚏，啊嚏，啊嚏！"他又打了三个喷嚏。

"长命千岁！"皮诺曹说。

吃火人很感动，答应不烧皮诺曹，但他又决定烧掉花衣小丑来烤羊。

花衣小丑一听吓得两条腿一弯，跪在地上了。

皮诺曹看见这种凄惨场面，就扑倒在班主脚下，嚎啕大哭，泪水把他那把大胡子也给弄湿了，不断地哀求着。

最后他说："如果你还不放他，就把我捆起来扔到火里去，让我的朋友替我去死是不公道的！"

这番话说得丁当响亮，声调豪迈激昂，在场的木偶听了没有不哭的，都哭得像吃奶的羊羔。

吃火人起先一点不动心，可后来慢慢地也开始感动了，又打喷嚏了。他一口气打了四五个喷嚏，于是疼爱地张开怀抱，对皮诺曹说：

"你是个好小子！过来，给我一个吻。"

皮诺曹马上跑过去，在他鼻尖上给了他一个

<sup>zuì tián zuì tián de wěn</sup>
最甜最甜的吻。

<sup>chī huǒ rén bǎ shǒu yì tān shuō kàn yàng zi</sup>
吃火人把手一摊,说:"看样子,

<sup>jīn er wǎn shang wǒ zhǐ néng chī bàn shēng bù shú de yáng</sup>
今儿晚上我只能吃半生不熟的羊

<sup>ròu le</sup>
肉了。"

<sup>yì tīng shuō kāi le ēn suǒ yǒu</sup>
一听说开了恩,所有

<sup>de mù ǒu dōu pǎo dào xì tái shang</sup>
的木偶都跑到戏台上,

<sup>kāi shǐ yòu tiào yòu wǔ tā men jiù</sup>
开始又跳又舞。他们就

<sup>zhè yàng yì zhí tiào a wǔ de zhí dào</sup>
这样一直跳啊舞的直到

<sup>dà tiān liàng</sup>
大天亮。

# 第十二章 遇上骗子

第二天早晨,吃火人把皮诺曹叫到一旁,问他

说:"你父亲叫什么

名字?"

"杰佩托。"

"他赚的钱多吗?"

"不多,他很穷,连给我

买书的钱也没有。"

"可怜的人!我很同情他。

这里是5个金币。马上带回去

给他,并且替我问他好。"

pí nuò cáo xiàng mù ǒu xì bān bān zhǔ qiān xiè wàn xiè hòu jiù huān tiān xǐ
皮诺曹向木偶戏班班主千谢万谢后，就欢天喜

dì huí jiā qù le yí lù shang tā dōu ná zhe jīn bì wán er xīn xiǎng
地回家去了。一路上，他都拿着金币玩儿，心想：

wǒ yào gěi bà ba mǎi jiàn hòu mián yī zài yě bú ràng tā wèi wǒ dàng yī fu le
"我要给爸爸买件厚棉衣，再也不让他为我当衣服了。"

kě hái méi yǒu zǒu shàng bàn gōng lǐ lù tā jiù zài lù shangpèng dào yì
可还没有走上半公里路，他就在路上碰到一

zhī qué tuǐ hú li hé yì zhī xiā yǎn māo tā liǎ yí lù shangxiāng hù chān fú
只瘸腿狐狸和一只瞎眼猫。它俩一路上相互搀扶

zhe yì tīng dào pí nuò cáo shǒu li de jīn bì dīng dīng dāng dāngxiǎng hú li bù
着。一听到皮诺曹手里的金币丁丁当当响，狐狸不

yóu zì zhǔ de shēn chū le tā nà zhī hǎo xiàng qué le de zhuǎ zi māo yě zhēng
由自主地伸出了它那只好像瘸了的爪子，猫也睁

dà le tā nà liǎng zhī yǎn jing zhè liǎng zhī yǎn jing lù yōu yōu de xiàngliǎngzhǎn
大了它那两只眼睛。这两只眼睛绿幽幽的像两盏

dēng bú guò tā men mǎ shàng
灯，不过它们马上

yòu bì shàng le pí nuò cáo
又闭上了，皮诺曹

dāng rán yì diǎn méi
当然一点没

kàn jiàn
看见。

guò le
过了

yí huì er
一会儿，

hú li duì pí
狐狸对皮

nuò cáo shuō
诺曹说：

nǐ xiǎngràng nǐ de jīn bì jiā gè bèi ma
"你想让你的金币加个倍吗？"

nǐ zhè huà shén me yì si
"你这话什么意思？"

nǐ zhǐ yǒu nà me gè jīn bì nǐ xiǎngràng tā men biànchéng
"你只有那么5个金币，你想让它们变成100

gè gè ma
个，1000个，2000吗？"

nà hái yòngshuō kě zěn me biàn ne
"那还用说！可怎么变呢？"

jiǎn dān jí le nǐ xiān bié huí jiā gēn wǒ men yì qǐ dào shǎ guā
"简单极了。你先别回家，跟我们一起到傻瓜

chéng qù yào zhī dào shǎ guā chéng yǒu kuài fú dì dà jiā jiào tā qí jì
城去。要知道，傻瓜城有块福地，大家叫它'奇迹

bǎo dì nǐ zài zhè kuài dì shang wā yí gè xiǎo kū long rán hòu fàng dōng xi
宝地'。你在这块地上挖一个小窟窿，然后放东西

jìn qù bǐ fāng shuō
进去，比方说

ba fàng jìn qù yí gè
吧，放进去一个

金币。然后你在窟窿上撒点土，重新盖起来，浇上两锅泉水，晚上你安安稳稳上床睡大觉好了。一夜工夫，这个金币生长开花。第二天早晨你起床回到地里一看，你想你会看到什么呢，你会看到一棵漂亮的树，上面长满了金币。"

皮诺曹听了完全入迷了。他一下子忘掉了他的爸爸，忘掉了新上衣，忘掉了识字课本，忘掉了一切好的打算。他对狐狸和猫说："那咱们走吧。我跟你们去。"

# 第十三章　红虾旅馆

dì shí sān zhāng　　hóng xiā lǚ guǎn

他们走啊，走啊，走啊，最后天黑了，他们累得够呛，来到了一家旅馆，叫做"红虾旅馆"。

"咱们在这儿停一会儿，"狐狸说，"吃点东西，歇上个把钟头，半夜动身，明儿天不亮，'奇迹宝地'就到了。"

他们走进旅馆，猫和狐狸点了许多吃的。吃得最少的是皮诺曹。他只要了点核桃，还要了块面包，因为他只想着"奇迹宝地"，好像金币已经把他撑饱了。

吃完晚饭，他们要了两间房。一间住皮诺曹先生，一间住狐狸和猫。狐

狸告诉老板，半夜他们要起来继续赶路，记得叫他们。

皮诺曹一上床就睡着了，睡着了就做梦，他梦见一颗矮矮的树，树上挂满一串一串的东西，这一串一串的东西都是金币。可正当皮诺曹兴高采烈，伸手要去采这些漂亮的金币时，忽然给房门上很响的三下敲门声惊醒了。

原来是旅馆老板来告诉他，钟已经敲半夜12点了，他的两位同伴有事先走了，还说明天早上在"奇迹

bǎo dì    děng tā        pí nuò cáo gěi zì  jǐ  hé liǎng gè péng you de  nà dùn wǎn fàn
宝地"等他。皮诺曹给自己和两个朋友的那顿晚饭

fù le yí gè jīn bì   zhè cái zǒu le
付了一个金币,这才走了。

lǚ guǎn wài miàn yí piàn qī hēi   hēi de shēnshǒu bú jiàn wǔ zhǐ    zǒu zhe
旅馆外面一片漆黑,黑得伸手不见五指。走着

zǒu zhe    tū rán    tā kàn jiàn yì kē shù gàn shang yǒu yí yàng xiǎo shēng wù  fā chū
走着,突然,他看见一棵树干上有一样小生物发出

yì diǎn guāng cāng bái hūn àn       nǐ shì shéi     pí nuò cáo wèn tā
一点光,苍白昏暗。"你是谁?"皮诺曹问它。

wǒ shì huì shuō huà de  xī shuài de yǐng zi       nà xiǎo shēng wù dá dào
"我是会说话的蟋蟀的影子,"那小生物答道,

wǒ lái shì xiǎng gěi nǐ  yí gè zhōng gào   nǐ wǎng huí zǒu ba   bǎ shèng xià de
"我来是想给你一个忠告,你往回走吧,把剩下的4

gè jīn bì dài huí qù gěi nǐ
个金币带回去给你

kě lián de bà ba    tā
可怜的爸爸,他

zhèng zài kū ne   yǐ wéi
正在哭呢,以为

zài jiàn bú dào nǐ
再见不到你

le
了。"

wǒ bà ba míng
"我爸爸明

tiān jiù yào biàn chéng yí
天就要变成一

wèi tǐ miàn de xiān sheng
位体面的先生,

yīn wèi zhè  gè jīn bì
因为这4个金币

yào biàn chéng gè
要变成2000个。”

rén jia shuō shén me yí yè zhī jiān jiù kě yǐ fā
“人家说什么一夜之间就可以发

cái zhì fù wǒ de hái zi nǐ kě bié xiāng xìn tā
财致富，我的孩子，你可别相信。他

men nà zhǒng rén tōng cháng bú shì fēng zi jiù shì piàn zi
们那种人通常不是疯子就是骗子，

tīng wǒ de huà wǎng huí zǒu ba
听我的话，往回走吧。”

wǒ piān yào xiàng qián zǒu
“我偏要向前走。”

nǐ yào jì zhù rèn xìng de hái zi zǎo wǎn yào hòu huǐ de
“你要记住，任性的孩子早晚要后悔的。”

yòu shì lǎo yí tào míng tiān jiàn xī shuài
“又是老一套。明天见，蟋蟀。”

míng tiān jiàn pí nuò cáo yuàn tiān lǎo yé bǎo yòu nǐ bú yù shā rén de
“明天见，皮诺曹，愿天老爷保佑你不遇杀人的

qiáng dào
强盗！”

xī shuài yǐng zi yì shuō wán zhè jù huà guāng hū rán xī miè le jiù xiàng
蟋蟀影子一说完这句话，光忽然熄灭了，就像

yì zhǎn dēng gěi yí zhèn fēng chuī miè le shì de lù shang bǐ xiān qián gèng hēi le
一盏灯给一阵风吹灭了似的。路上比先前更黑了。

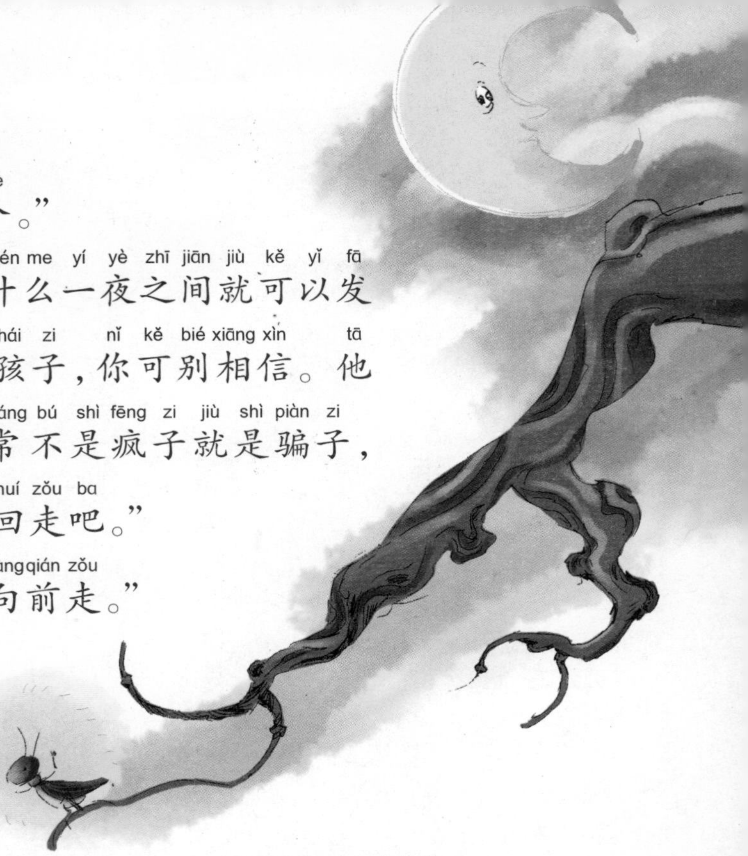

# dì shí sì zhāng yù shàngqiáng dào
# 第十四章 遇上强盗

mù ǒu yì biān zǒu yì biān fā láo sāo wǒ men zhè zhǒng kě lián hái
木偶一边走，一边发牢骚："我们这种可怜孩

zi duō dǎo méi rén rén dōu jiào yù wǒ men lián nà ge huì shuō huà de xī shuài
子多倒霉！人人都教育我们，连那个会说话的蟋蟀

yě zhè yàng kàn zhè huì er jiù yīn wèi wǒ méi tīng zhè zhī tǎo yàn xī shuài de
也这样。看这会儿，就因为我没听这只讨厌蟋蟀的

luō lī luō suō tā jiù shuō wǒ bù zhī dào yào yù dào duō shǎo zāi nàn wǒ cái
啰哩啰嗦，它就说我不知道要遇到多少灾难！我才

bù xiāng xìn huì yù dào shā rén de qiáng dào ne
不相信会遇到杀人的强盗呢！"

kě pí nuò cáo hái méi néng bǎ tā nà tào dà dào lǐ shuō chū tā jiù tīng
可皮诺曹还没能把他那套大道理说出，他就听

jiàn hòu miàn yǒu shēng yīn tā huí tóu yí kàn jiù kàn jiàn hēi dì li yǒu liǎng
见后面有声音。他回头一看，就看见黑地里有两

gè nán kàn de hēi yǐng huó xiàng liǎng gè guǐ guài
个难看的黑影，活像两个鬼怪。

zhēn yǒu qiáng dào pí nuò cáo xīn li shuō le yì shēng tā bù zhī
"真有强盗！"皮诺曹心里说了一声。他不知

bǎ gè jīn bì cáng dào nǎ er hǎo yí xià zi bǎ tā men cáng dào le zuǐ
把 4 个金币藏到哪儿好，一下子把它们藏到了嘴

里，正好塞在舌头底下。接着他想逃走。可是刚
迈腿，就觉得胳膊给抓住了，听到两个瓮声瓮气的
可怕声音对他说："要钱还是要命？"

皮诺曹没法回答。他做了成千个怪脸、成千个
手势，要让对方明白，他一分钱也没有。

"拿出来拿出来！别装傻了，把钱拿出来！"
两个强盗用威吓的口气大叫。

"不把钱拿出来就要你的
命！"高的那个杀人强盗说。

yào le nǐ de mìng hái yào nǐ fù qīn de mìng lìng yí gè gēn zhe
"要了你的命，还要你父亲的命！"另一个跟着

shuō
说。

bié bié bié bié yào wǒ kě lián bà ba de mìng pí nuò cáo jí de
"别别别，别要我可怜爸爸的命！"皮诺曹急得

dà jiào kě tā zhè me yí jiào zuǐ li de jīn bì jiù dīng dīng dāng dāng xiǎng qǐ
大叫，可他这么一叫，嘴里的金币就丁丁当当响起

lái le
来了。

hā hā piàn zi yuán lái nǐ bǎ qián cáng zài shé tou dǐ xià mǎ
"哈哈，骗子！原来你把钱藏在舌头底下？马

shàng tǔ chū lái
上吐出来！"

shuō wán tā men yí gè zhuā zhù tā de bí zi jiān yí gè qìn tā de
说完，他们一个抓住他的鼻子尖，一个撳他的

xià ba dòng shǒu cū bào de yòu bān yòu nòng kě shì dōu méi yòng mù ǒu de
下巴，动手粗暴地又扳又弄，可是都没用。木偶的

zuǐ xiàng nián zài yí kuài dìng zài yì qǐ
嘴像黏在一块，钉在一起。

yú shì ǎi de nà ge bá chū yì bǎ
于是矮的那个拔出一把

hěn dà de dāo zi xiǎng
很大的刀子，想

bǎ mù ǒu de zuǐ qiào kāi
把木偶的嘴撬开。

kě pí nuò cáo kuài de xiàng
可皮诺曹快得像

闪电，一口把它的手咬断了。呀，是一只猫的爪子！

皮诺曹胆子变大了。他挣脱杀人强盗的爪子，跳过路旁的树丛，开始在田野上逃走。没过多久，天已经开始亮了，他们还是追个不停。一条又宽又深的沟挡住了去路。木偶猛跑两步，一跳就跳到了沟那一边。两个杀人强盗跟着也跳，扑通……落到沟里去了。皮诺曹见了哈哈大笑。

他料想他们一准淹死了，可回头一看，只见他们两个依然在他后面追，身上还是套着他们的麻袋，哗哗地淌着水，活像两个漏了底的筐子。

# 第十五章 被吊在树上

这时木偶已经完全泄气,可他一下子看见深绿的树林子里,远远有一座雪白的小房子。

"我要是有口气跑到那房子,就有救了。"他心里说。

他一分钟也不耽搁,重新一个劲跑起来,终于上气不接下气地跑到那座小房子门口,连忙嘭嘭嘭敲门。

这时窗口探出个头来,这是个美丽的小女孩,天蓝色的头发,脸白得跟蜡像似的,眼睛闭着,双手交叉在胸前。她说话时嘴唇也不动,声音很轻很轻，像是从另一个世界来的：

"这座房子里没人，所有的人都死了。我也死了，在等棺材，它要来把我给装走。"

小女孩子一说完这句话，就不见了。窗子也悄没声儿地重新关上了。

"噢，美丽的小姑娘，"皮诺曹大叫，"帮帮忙，给我开开门吧！我后面有……"

他这句话没能说完，脖子就被掐住了。强盗把他双手反绑，用活结套住他的喉咙，把他吊在一棵大橡树的树枝上。然后他们坐在树下，就等着木偶蹬最后一次腿。可木偶过了3个钟头依然张开两只眼睛,闭着嘴巴,两腿越蹬越有劲。

他们最后等得不耐烦了,就向木偶转过脸,冷笑着对他说:"明儿见,等我们明天回到这儿,希望你已经死掉了,嘴张得大大的。"他们说完就走了。

皮诺曹的两眼一点一点发黑。他虽然感到死期已近,但依然希望随时会有人经过,把他救下来。可他等啊等啊,看见还是没人来,一个人也没有,于是就想到他的可怜的爸爸……他半死不活地结结巴巴说:

"噢,我的爸爸,要是你在这儿就好了……"

他再也说不出话来了。他闭上眼睛,张开嘴巴,伸长两腿,一阵猛烈颤动,吊在那里像是僵硬了。

# 第十六章　仙女来搭救了

正当皮诺曹被吊在大橡树枝头上，觉得这会儿死多活少的时候，天蓝色头发的美丽小女孩重新在窗口出现了。她看见木偶给套着脖子吊着，太可怜了，于是轻轻拍了三下手掌。

这三下手掌一拍，就听到很响的拍翅膀声，一只大老鹰飞来了，停在窗台上："有什么吩咐啊，我仁慈的仙女？"

原来这天蓝色头发的小女孩不是别人，正是最善良的仙女，她在这树林附近已住了1000多年了。

"你马上飞到那棵大橡树那儿，解开那个吊着

木偶的绳套，把他轻轻放在橡树下的草地上。"

老鹰飞走了，两分钟就回来了，说："吩咐我做的都给做好了。"

"你觉得他怎么样？活着还是死了？"

"我看他好像死了，可还没全死，因为我一松开套在他喉咙的绳套，他叹了一口气，嘟囔了一声：'这会儿我觉得好多了！'"

仙女于是又轻轻拍了两下手掌，来了一只很漂亮的卷毛狗。它像人那样用后腿直立走路。这只卷毛狗身穿车夫的礼服，头戴金边小三角帽，白色假卷发垂到脖子上。仙女对卷毛

gǒu shuō　　　　mǎ shàng gǎn yí liàng chē zi dào shù lín zi qù　　zhǎo dào yǐ jīng bàn
狗说："马上赶一辆车子到树林子去，找到已经半

sǐ de kě lián mù ǒu　　bǎ tā sòng dào zhè er lái　　míng bai le ma　　　juǎn
死的可怜木偶，把他送到这儿来。明白了吗？"卷

máo gǒu diǎn le diǎn tóu　xiàng shǎn diàn shì de pǎo diào le
毛狗点了点头，像闪电似的跑掉了。

yí kè zhōng bú dào　　juǎn máo gǒu jiù gǎn zhe chē huí lái le　　děng zài mén
一刻钟不到，卷毛狗就赶着车回来了。等在门

kǒu de xiān nǚ bào qǐ kě lián de mù ǒu　　bǎ tā bào jìn yì jiān qiáng shang xiāng qiàn
口的仙女抱起可怜的木偶，把他抱进一间墙上镶嵌

zhe zhēn zhū de xiǎo wò shì　mǎ shàng qǐng lái fù jìn zuì yǒu míng de dài fu
着珍珠的小卧室，马上请来附近最有名的大夫。

sān wèi dài fu mǎ shàng jiē lián lái le　　yí wèi shì wū yā　　yí wèi shì māo
三位大夫马上接连来了，一位是乌鸦，一位是猫

tóu yīng　　yí wèi shì huì shuō huà de
头鹰，一位是会说话的

xī shuài
蟋蟀。

会说话的蟋蟀一眼就看到了皮诺曹。"这个木偶,"会说话的蟋蟀往下说,"是个大坏蛋……"

皮诺曹张开眼睛看看,马上又闭上。

"是个无赖,是个二流子,是个流氓……"

皮诺曹把脸缩到被单底下。

"这木偶是个不听话的坏孩子,他要把他怜的爸爸气死……"

它说到这里,只听见屋子里有压抑着的哭声和哽咽声。啊,皮诺曹正在被单里哭哩!

# dì shí qī zhāng  bí zi biàn cháng le
# 第十七章  鼻子变长了

　　sān wèi dài fu yǐ wéi pǐ nuò cáo shì zài wèi zì jǐ de xíng wéi gǎn dào
　　三位大夫以为匹诺曹是在为自己的行为感到

xiū kuì biàn bù hǎo yì si zài shuō shén me kě shì pí nuò cáo hái zài kū
羞愧,便不好意思再说什么。可是皮诺曹还在哭。

xiān nǚ xiān kāi bèi dān yí kàn pí nuò cáo de liǎn hóng hóng de hǎo xiàng shēng bìng
仙女掀开被单一看,皮诺曹的脸红红的,好像生病

le mō mō tā de nǎo mén fā xiàn yì diǎn bù jiǎ tā zài fā gāo shāo
了,摸摸他的脑门,发现一点不假,他在发高烧。

　　yú shì tā bǎ yì diǎn bái sè fěn mò róng zài bàn bēi shuǐ li ná lái gěi
　　于是她把一点白色粉末溶在半杯水里,拿来给

mù ǒu wēn róu de duì tā shuō
木偶,温柔地对他说:

　　hē le tā guò jǐ tiān jiù hǎo le
　　"喝了它,过几天就好了。"

　　pí nuò cáo kàn zhe bēi zi wāi wāi zuǐ kū yě shì de wèn dào tián
　　皮诺曹看着杯子,歪歪嘴,哭也似的问道:"甜

de hái shi kǔ de
的还是苦的?"

　　kǔ de kě tā néng yī hǎo nǐ de bìng
　　"苦的,可它能医好你的病。"

pí nuò cáo kāi shǐ dà kū dà jiào　　sǐ huó yě bù kěn hē zhè bēi kǔ
皮诺曹开始大哭大叫，死活也不肯喝这杯苦

yào　 xiān nǚ méi bàn fǎ　　zhǐ hǎo pāi le liǎng xià bā zhang　 fáng mén kāi le
药。仙女没办法，只好拍了两下巴掌。房门开了，

jìn lái le　　zhī tù zi　hēi de xiàng mò zhī　jiān bǎngshang tái zhe yì kǒu xiǎo
进来了4只兔子，黑得像墨汁，肩膀上抬着一口小

guān cai
棺材。

pí nuò cáo yí kàn hài pà de cóngchuángshang zuò le　qǐ lái　　tā yì tīng
皮诺曹一看害怕得从床上坐了起来。他一听

shuō tù zi men tái guān cai shì yòng lái zhuāng tā de　 xià de yì kǒu jiù bǎ yào
说兔子们抬棺材是用来装他的，吓得一口就把药

shuǐ hē le　　 tù
水喝了。兔

zi men kàn zhe pí
子们看着皮

nuò cáo bǎ yào hē
诺曹把药喝

le　 chóng xīn tái
了，重新抬

qǐ xiǎo guān cai
起小棺材，

zǒu chū le wū zi
走出了屋子。

真的，过了几分钟，皮诺曹已经跳下床，好了。因为要知道，木偶福气好，难得生病，好起来也特别快。

皮诺曹满屋子又跑又跳，高兴得活像一只刚会啼叫的小公鸡。

仙女微笑地对他说："现在你过来，告诉我你是怎么落到那些杀人强盗手里的。"

皮诺曹把自己的遭遇一一说了出来。仙女听了后问："你这4个金币，现在搁哪

儿啦？"

"我丢了！"皮诺曹回答说，他这是说谎，因为钱在他口袋里。他一说谎，本来已经够长的鼻子又长了两指。

"你在哪儿丢了？"

"就在这儿附近的树林子里。"

这第二句谎话一说，鼻子变得更长了。

"啊，现在我记清楚了，"木偶心里慌了，回答说，"这4个金币我没丢掉，是刚才喝药水时不小心，吞下肚子里去了。"这第三句谎话一说，鼻子呼地一下长得更长了。皮诺曹连头都没法转了，因为他不管头往哪边转，都会碰到东西：床、窗玻璃、房门……

仙女看着他笑起来。"您

干吗笑？"木偶问她。眼看鼻子变得那么长，他完

全呆住了，急得要命。

"我笑你说谎。"

"您怎么知道我说谎了？"

"我的孩子，谎话一下子就可以看出来，因为说

了谎话有两种变化，一种是腿变短，一种是鼻子

变长，你的一种正是鼻子变长。"

皮诺曹羞得无地自容，想溜出房间。

可是办不到，他

那个鼻子已

经长得连

门都出不

去了。

# 第十八章　又遇骗子

鼻子长得出不了门了，木偶哭叫了整整半个钟头。仙女看到木偶脸绝望得眼睛都要突出来时，很可怜他，拍了拍手掌。一听到拍手掌，成千只啄木鸟从窗子飞到屋里来。它们都聚在皮诺曹的鼻子上，开始狠狠地啄他的鼻子，几分钟工夫，这个长鼻子就恢复了原状。

"您多好啊，"木偶擦干眼泪对仙女说，"我多么爱您啊！"

"我也爱你，"仙女回答说，"你如果想留在我这儿，你就做我的弟弟，我做你的姐姐……"

"我很想留在这儿……可我那可怜的爸爸呢？"

"我都想到了。已经派人去通知你爸爸，天黑前他就要来到这儿。"

"真的？"皮诺曹高兴得跳起来，叫着说，"那么，如果您答应的话，我想去接他！他为我吃了那么多苦！"

"那你就去吧，小心别走丢了。你走林子里的那条路吧，你会碰到他的。"

皮诺曹一走进树林子，就碰到了他的两个伙伴——狐狸和猫。他发现猫的右前腿受了

shāng lián zhuǎ zi dài zhǐ jia dōu méi yǒu le  jiù wèn tā
伤，连爪子带指甲都没有了，就问它：

nǐ de zhuǎ zi zěn me la
"你的爪子怎么啦？"

māoxiǎng huí dá  kě jiǒng zhù le  hú li mǎ shàng
猫想回答，可窘住了。狐狸马上

shuō  wǒ de péng you tài shànliáng le  gāng
说："我的朋友太善良了，刚

cái wǒ men zài lù shangpèng dào yì zhī
才我们在路上碰到一只

è de fā huāng de láng  tā qiú wǒ
饿得发慌的狼，它求我

men shī shě diǎn shén me gěi tā  kě
们施舍点什么给它。可

wǒ men méi yǒu shén me hǎo
我们没有什么好

gěi tā de  lián yì gēn
给它的，连一根

yú gǔ tou yě méi yǒu  wǒ zhè péng you zhēnzhèngkāng kǎi dà fāng  tā jìng cóng
鱼骨头也没有。我这朋友真正慷慨大方，它竟从

zì jǐ qián tuǐ shang yǎo xià yì zhī zhuǎ zi  rēng gěi zhè zhī kě lián de yě shòu chī
自己前腿上咬下一只爪子，扔给这只可怜的野兽吃。"

mù ǒu tīng le  hěn gǎn dòng  hú li yí kàn jī huì lái le  tā yòu
木偶听了，很感动。狐狸一看机会来了，他又

yào mù ǒu gēn tā men yì qǐ qù  qí jì bǎo dì  mù ǒu yì kāi shǐ bú
要木偶跟他们一起去"奇迹宝地"。木偶一开始不

yuàn yì qù  shuō yào zhǎo tā bà ba  kě tā tīng dào hú li shuōzhòng xià  gè
愿意去，说要找他爸爸，可他听到狐狸说种下 4 个

jīn bì guò jǐ fēn zhōng jiù kě yǐ shōu dào gè shí yòu dòng xīn le
金币，过几分钟就可以收到2000个时，又动心了。

yú shì tā men shàng lù le
于是他们上路了。

tā men zǒu le bàn tiān
他们走了半天，

chuān guò shǎ guā chéng lái
穿过"傻瓜城"，来

dào yí kuài pì jìng de tián dì
到一块僻静的田地。

zhè kuài tián dì gēn qí tā tián
这块田地跟其他田

dì wán quán méi shén me
地完全没什么

liǎng yàng
两样。

狐狸对木偶说:"现在你在泥地上挖一个小窟窿,把金币放进去,然后浇上水。"

皮诺曹照狐狸说的很快都办好了。

"没有了,"狐狸回答说,"现在咱们可以走开了,你过20分钟回到这儿,就可以看到一棵矮矮的树从地里长出来,所有的树上都挂满了金币。"

狐狸这么说着,和猫一起向皮诺曹鞠了个躬,祝他得到好收成,就干它们的事去了。木偶高兴得忘乎所以,也走开了。

# 第十九章　牢狱之灾

dì shí jiǔ zhāng　　láo yù zhī zāi

mù ǒu yì biān zǒu　　yì biān mò mò de shǔ zhe shí jiān　　děng tā jué de
木偶一边走，一边默默地数着时间，等他觉得

shí hou dào le　　mǎ shàng zǒu yuán lù huí　　qí jì bǎo dì　　qù
时候到了，马上走原路回"奇迹宝地"去。

tā mǎn huái xī wàng zǒu jìn le nà kuài dì　　tā tíng xià lái jiù zhāng wàng
他满怀希望走近了那块地。他停下来就张望，

méi yǒu jiàn dào nà me yì kē zhī tóu guà mǎn jīn bì de shù　　tā wǎng qián yòu
没有见到那么一棵枝头挂满金币的树。他往前又

zǒu le　　bù　　hái shi méi kàn jiàn　　tā yì zhí zǒu dào nà kuài dì shang
走了100步，还是没看见。他一直走到那块地上

yì zhí zǒu dào zhòng xià jīn bì de nà ge xiǎo kū long nà lǐ　　kě hái
……一直走到种下金币的那个小窟窿那里，可还

shì méi kàn jiàn　　yú shì tā jiù pīn mìng dòng nǎo jīn　　cóng kǒu dai li shēn chū yì
是没看见。于是他就拼命动脑筋，从口袋里伸出一

zhī shǒu lái　　bǎ tóu sāo le bàn tiān
只手来，把头搔了半天。

zhèng zài zhè shí hou　　tā ěr duo li hǎo xiàng tīng dào le dà xiào shēng　　tā
正在这时候，他耳朵里好像听到了大笑声。他

tái tóu yí kàn　　zhǐ jiàn yì kē shù shang yǒu zhī dà yīng wǔ　　zhèng zài lǐ tā shēn
抬头一看，只见一棵树上有只大鹦鹉，正在理它身

上稀稀拉拉的羽毛。皮诺曹问："你告诉我，鹦鹉，你笑什么？"

"我笑傻瓜，你竟会什么糊涂话都相信，上了最狡猾的人的当。你要知道，当你在城里的时候，狐狸和猫回到这块地里来，挖走了金币，像阵风似的溜掉了。如今要追上它们，已经办不到啦！"

皮诺曹就那么张大了嘴闭不拢来。他不愿意相信鹦鹉的话，开始用手指甲挖浇过水的土。他挖啊，挖啊，挖了很深很深的一个大坑，连一个稻草堆都可以放进去了，可就是找不到金币。

木偶于是绝望了，回到城里，马上到法庭去向大猩猩法官告状，说两个贼偷走了他的钱。还一五一十地诉说了使他上当的恶意欺诈经过，说出了两个贼的姓名和特征，最后请求主持公道。

大猩猩法官极其和气地听着，对他讲的话十分关心，听得又感动，又同情。等到木偶讲得没话要讲了，他伸出一只手，拿起一个铃来摇了一下。

听到铃声，马上来了两条猛狗，穿的是警察制服。法官指着皮诺曹对两个狗警察说："这个小鬼给人偷了4个金

bì bǎ tā zhuā qǐ lái mǎ shàng sòng dào jiān láo li qù
币，把他抓起来，马上送到监牢里去。"

mù ǒu tīng dào jìng duì tā zhè me xuān pàn dāi zhù le xiǎng yào tí chū
木偶听到竟对他这么宣判，呆住了，想要提出

kàng yì kě shì liǎng gè gǒu jǐng chá wèi le bù bái bái làng fèi shí jiān dǔ zhù
抗议，可是两个狗警察为了不白白浪费时间，堵住

le tā de zuǐ bǎ tā sòng dào jiān láo li qù le
了他的嘴，把他送到监牢里去了。

mù ǒu zhěngzhěng zuò le gè yuè láo hǎo cháng de gè yuè na
木偶整整坐了4个月牢。好长的4个月哪！

tā běn lái hái yào zuò xià qù
他本来还要坐下去，

xìng kuī chū le yí jiàn jí qí
幸亏出了一件极其

yùn qi de shì yuán lái tǒng
运气的事。原来统

zhì zhè ge shǎ guā chéng de
治这个"傻瓜城"的

nián qīng huáng dì dǎ le gè dà
年轻皇帝打了个大

shèngzhàng xià lìng pǔ tiān tóng
胜仗，下令普天同

qìng dà shè tiān xià yú shì
庆，大赦天下。于是

mù ǒu bèi fàng chū lái le
木偶被放出来了。

# 第二十章　大蛇挡道

dì èr shí zhāng　dà shé dǎng dào

pí nuò cáo tīng shuō bèi shì fàng　tā nà fèn gāo xìng jìn er jiù kě xiǎng ér
皮诺曹听说被释放，他那份高兴劲儿就可想而

zhī le　tā mǎ shàng chū chéng xiàng xiān nǚ nà zuò xiǎo fáng zi zǒu qù
知了。他马上出城，向仙女那座小房子走去。

zǒu zhe zǒu zhe　tā tū rán tíng xià lái le　hái dào tuì le sì bù
走着走着，他突然停下来了，还倒退了四步。

tā kàn jiàn shén me la　tā kàn jiàn le yì tiáo dà shé　zhí tǐng tǐng de héng tǎng
他看见什么啦？他看见了一条大蛇，直挺挺地横躺

zài lù shang　zhè tiáo shé lǜ pí huǒ yǎn　wěi ba hěn jiān xiàng shì yān cōng zài
在路上。这条蛇绿皮火眼，尾巴很尖，像是烟囱在

mào yān
冒烟。

mù ǒu hài pà de wú fǎ xíng róng　tā lí kāi tā　pǎo le yǒu bàn gōng
木偶害怕得无法形容。他离开它，跑了有半公

lǐ duō　zuò zài yì duī shí tou shang　zhǐ děng zhè tiáo shé pá kāi bǎ lù ràng
里多，坐在一堆石头上，只等这条蛇爬开，把路让

chū lái
出来。

tā děng le yí gè zhōng tóu　liǎng gè zhōng tóu　sān gè zhōng tóu kě shé
他等了一个钟头，两个钟头，三个钟头，可蛇

hái zài nà er　　suī rán lí de lǎo yuǎn　　hái néng kàn jiàn tā　nà shuāng huǒ yǎn
还在那儿。虽然离得老远，还能看见它那双火眼

hóng hóng de　　wěi ba jiān mào chū yì gǔ yì gǔ yān zhù
红红的，尾巴尖冒出一股一股烟柱。

　　zuì hòu pí nuò cáo gǔ zú le yǒng qì　　zǒu jìn nà shé　yòng hěn tián hěn
　　最后皮诺曹鼓足了勇气，走近那蛇，用很甜很

xì de shēng yīn tǎo hǎo de duì tā shuō　　duì bu qǐ　shé xiān sheng　qǐng bāng gè
细的声音讨好地对它说："对不起，蛇先生，请帮个

　　máng　nuó chū diǎn dì fang ràng wǒ guò qù　　hǎo ma
　　忙，挪出点地方让我过去，好吗？"

　　　　kě shé yí dòng yě bú dòng
　　　　可蛇一动也不动。

　　　　mù ǒu yòu yòng nà hěn tián hěn xì de shēng
　　　　木偶又用那很甜很细的声

yīn shuō
音说：

　　　　nín děi zhī dào　　shé xiān sheng　wǒ yào
　　　　"您得知道，蛇先生，我要

huí dào nà fáng zi qù　　wǒ bà ba zài nà er
回到那房子去，我爸爸在那儿

等着我，我已经很久很久没见到他了！您
肯让我继续走我的路吗？"

他等着蛇回答，可蛇没有动静。相
反，它这时倒变得僵直不动了。它
的眼睛闭上，尾巴停止冒烟。

"它真的死了吗？"皮诺曹说
着，高兴得搓了搓手。他一
点不耽搁，就要从它身
上跳过去，跳到路的那

一边。可他脚还没举起,蛇忽然跳了起来。木偶大
吃一惊,赶紧往后退,绊了一下,跌倒在地上。他
的脑袋插在路上的泥浆里,只剩两条腿倒竖着。

蛇看见木偶头朝下,两
脚用难以想象的速度踢来
踢去,就扭啊扭地狂笑起
来,笑啊,笑啊,笑啊,最后笑得太厉害,肚子上一
根静脉竟断掉了:这回它真的死啦。

皮诺曹爬起来,重新跑起来。可路很长,肚子
饿得慌。他再也忍耐不住,就跳进一块葡萄地,想

<ruby>摘<rt>zhāi</rt></ruby><ruby>两<rt>liǎng</rt></ruby><ruby>串<rt>chuàn</rt></ruby><ruby>葡<rt>pú</rt></ruby><ruby>萄<rt>táo</rt></ruby><ruby>吃<rt>chī</rt></ruby>。

<ruby>唉<rt>āi</rt></ruby>，<ruby>真<rt>zhēn</rt></ruby><ruby>不<rt>bù</rt></ruby><ruby>该<rt>gāi</rt></ruby><ruby>跳<rt>tiào</rt></ruby><ruby>进<rt>jìn</rt></ruby><ruby>去<rt>qù</rt></ruby><ruby>的<rt>de</rt></ruby>！<ruby>他<rt>tā</rt></ruby><ruby>一<rt>yí</rt></ruby><ruby>到<rt>dào</rt></ruby><ruby>葡<rt>pú</rt></ruby><ruby>萄<rt>táo</rt></ruby><ruby>藤<rt>téng</rt></ruby><ruby>底<rt>dǐ</rt></ruby><ruby>下<rt>xià</rt></ruby>，<ruby>卡<rt>kǎ</rt></ruby><ruby>嗒<rt>dā</rt></ruby>……<ruby>只<rt>zhǐ</rt></ruby><ruby>觉<rt>jué</rt></ruby><ruby>得<rt>de</rt></ruby><ruby>两<rt>liǎng</rt></ruby><ruby>脚<rt>jiǎo</rt></ruby><ruby>给<rt>gěi</rt></ruby><ruby>两<rt>liǎng</rt></ruby><ruby>块<rt>kuài</rt></ruby><ruby>很<rt>hěn</rt></ruby><ruby>锋<rt>fēng</rt></ruby><ruby>利<rt>lì</rt></ruby><ruby>的<rt>de</rt></ruby><ruby>铁<rt>tiě</rt></ruby><ruby>片<rt>piàn</rt></ruby><ruby>一<rt>yí</rt></ruby><ruby>下<rt>xià</rt></ruby><ruby>夹<rt>jiā</rt></ruby><ruby>住<rt>zhù</rt></ruby>，<ruby>痛<rt>tòng</rt></ruby><ruby>不<rt>bù</rt></ruby><ruby>欲<rt>yù</rt></ruby><ruby>生<rt>shēng</rt></ruby>。

<ruby>可<rt>kě</rt></ruby><ruby>怜<rt>lián</rt></ruby><ruby>的<rt>de</rt></ruby><ruby>木<rt>mù</rt></ruby><ruby>偶<rt>ǒu</rt></ruby><ruby>是<rt>shì</rt></ruby><ruby>给<rt>gěi</rt></ruby><ruby>一<rt>yí</rt></ruby><ruby>个<rt>gè</rt></ruby><ruby>捕<rt>bǔ</rt></ruby><ruby>兽<rt>shòu</rt></ruby><ruby>夹<rt>jiā</rt></ruby><ruby>夹<rt>jiā</rt></ruby><ruby>住<rt>zhù</rt></ruby><ruby>了<rt>le</rt></ruby>。<ruby>这<rt>zhè</rt></ruby><ruby>种<rt>zhǒng</rt></ruby><ruby>捕<rt>bǔ</rt></ruby><ruby>兽<rt>shòu</rt></ruby><ruby>夹<rt>jiā</rt></ruby><ruby>是<rt>shì</rt></ruby><ruby>农<rt>nóng</rt></ruby><ruby>民<rt>mín</rt></ruby><ruby>装<rt>zhuāng</rt></ruby><ruby>在<rt>zài</rt></ruby><ruby>那<rt>nà</rt></ruby><ruby>里<rt>lǐ</rt></ruby><ruby>捕<rt>bǔ</rt></ruby><ruby>捉<rt>zhuō</rt></ruby><ruby>大<rt>dà</rt></ruby><ruby>鸡<rt>jī</rt></ruby><ruby>貂<rt>diāo</rt></ruby><ruby>的<rt>de</rt></ruby>。<ruby>鸡<rt>jī</rt></ruby><ruby>貂<rt>diāo</rt></ruby><ruby>是<rt>shì</rt></ruby><ruby>附<rt>fù</rt></ruby><ruby>近<rt>jìn</rt></ruby><ruby>所<rt>suǒ</rt></ruby><ruby>有<rt>yǒu</rt></ruby><ruby>鸡<rt>jī</rt></ruby><ruby>场<rt>chǎng</rt></ruby><ruby>的<rt>de</rt></ruby><ruby>大<rt>dà</rt></ruby><ruby>灾<rt>zāi</rt></ruby><ruby>星<rt>xīng</rt></ruby>。

# 第二十一章　看守鸡场

皮诺曹被夹得大哭大叫，但没有一个人听见。

这时候天黑了。

捕兽夹夹得他小腿骨太痛，木偶眼看就要昏过去了。正在这时候，这块地的主人来了。他踮起脚尖走来看看，有没有鸡貂夜里来吃鸡，给捕兽夹夹住了。

等他掏出灯来，看见捉到的不是鸡貂，而是个孩子，他惊奇极了。

"哈哈，小偷！"农民生气地说，"这么说，我的鸡都是你偷的？"

"我没偷,我没偷!"皮诺曹哭着说,"我只想吃两串葡萄……"

"会偷葡萄就会偷鸡。让我来给你个教训,叫你一辈子忘不了。"

他打开捕兽夹,抓住木偶的领子,像拎一

只吃奶羊羔似的把他拎回家。

到了家门口,他在木偶脖子上套上一个狗颈圈,上面全是铜钉,系着一根很长的铁链,铁链一头拴在墙上。农民让木

偶替代他家死去的狗，来看守鸡场。然后进屋把
门关上，还用粗链子拴好。

于是空场上就剩可怜的皮诺曹一个人趴着，
又冷，又饿，又怕，半死不活的。"我这是活该！
……真倒霉，我这是活该！我任性，只想闲逛……
我只想听坏朋友的话，因此总是失去幸福。噢，我
能重新做人就好了！……可现在迟了，没法子，我
只好忍耐！"他发泄了真正出自内心的一口怨气
以后，走进狗屋，躺下就睡着了。

# 第二十二章 抓住鸡貂
dì èr shí èr zhāng　zhuā zhù jī diāo

皮诺曹呼呼睡了2个多钟头，到了半夜，突然
给一阵喊喊喳喳的古怪声音惊醒了。他连忙把鼻
尖伸出木板狗屋的门洞，看见4只小野兽聚在一起
商量什么。它们毛色黑乎乎的，样子像猫。可它
们不是猫，是鸡貂，鸡貂是贪吃的肉食野兽，特别
爱吃鸡。

一只鸡貂走到木板狗屋的旁边来，看到了狗屋
里的木偶，问："你住在这狗屋里，那狗上哪儿啦？"

"它今天早晨死了。"

"死了，可怜的狗！它那么好！……可看你的

liǎn wǒ jué de nǐ yě shì yì zhī kè qì de gǒu
脸,我觉得你也是一只客气的狗。"

duì bu qǐ wǒ bú shì gǒu
"对不起,我不是狗!"

ō nà nǐ shì shén me
"噢,那你是什么?"

wǒ shì yí gè mù ǒu
"我是一个木偶。"

nǐ dāng kān yè gǒu
"你当看夜狗?"

zhēn dǎo méi wèi le chǔ fá wǒ
"真倒霉,为了处罚我……"

hǎo nà wǒ tí chū gè xié yì tóng wǒ zǎo xiān gēn yǐ gù de gǒu dìng
"好,那我提出个协议,同我早先跟已故的狗订

lì de wán quán yí yàng nǐ huì mǎn yì de
立的完全一样,你会满意的。"

shén me xié yì
"什么协议?"

"我们照旧一星期一次，夜里来拜访这个鸡场，拉出来8只鸡。8只鸡当中，我们吃7只，1只给你。条件是，你听明白了，你假装睡着，千万别出来叫醒农夫。"

"狗就这么干的吗？"皮诺曹问。

"就这么干的。我们和它合作得很好。你安静地睡你的觉吧，我们走以前，保证在狗屋上留下一只拔掉毛的肥鸡，给你明天当早饭吃。咱们讲明白啦？"

"简直太明白了！"皮诺曹答道。

同时他恫吓似的摇摇头，好像想说："咱

men zǒu zhe qiáo ba
们走着瞧吧！"

　　zhī jǐ diāo jué de tā men de shì qing wěn dàng le　　jiù hěn kuài de liū
　　4只鸡貂觉得它们的事情稳当了，就很快地溜
dào jiù zài gǒu wū páng biān de　jī chǎng nà lǐ　　tā men yòng yá yòng zhuǎ zi shǐ
到就在狗屋旁边的鸡场那里。它们用牙用爪子使
jìn nòng kāi guān zhù de xiǎo mù mén　yì zhī jiē yì zhī de liū le jìn qù　tā
劲弄开关住的小木门，一只接一只地溜了进去。它
men gāng jìn qù　jiù tīng jiàn xiǎo mén pā dā yí xià　yòu měng dì guān shàng le
们刚进去，就听见小门啪嗒一下，又猛地关上了。
　　bǎ mén yòu gěi guān shàng de zhèng shì pí nuò cáo　tā guān shàng mén bú
　　把门又给关上的正是皮诺曹。他关上门不
suàn wèi le bǎo xiǎn qǐ jiàn　hái zài mén qián fàng le kuài dà shí tou dǐng zhù tā
算，为了保险起见，还在门前放了块大石头顶住它。
　　jiē zhe tā jiào qǐ lái　　jǐ diāo zhuā zhù le　zhuā zhù
　　接着他叫起来："鸡貂抓住了，抓住
le　nóng fū tīng dào le gǎn jǐn pǎo jìn jī shí　bǎ
了！"农夫听到了赶紧跑进鸡坩，把
　　zhī jǐ diāo quán gěi zhuō zhù　sāi jìn bù
　　4只鸡貂全给捉住，塞进布
kǒu dai
口袋。

　　jiē zhe tā zǒu dào pí nuò
　　接着他走到皮诺
cáo shēn biān　pīn mìng fǔ mō zhe
曹身边，拼命抚摸着
tā　bìng qiě wèn
他，并且问：
　　zhè sì gè gāi sǐ de xiǎo
　　"这四个该死的小
tōu gòu dàng　nǐ shì zěn me fā
偷勾当，你是怎么发

现的，我忠实的狗，它却一直什么也没发现！"

皮诺曹回答说："我给它们的喊喊喳喳声吵醒了。其中一只走到狗屋旁边来对我说：'只要你答应不叫醒主人，我们给你一只拔掉毛的肥鸡！'啊，它竟无耻到对我提出这种建议！我虽然是一个木偶，有这个世界的一切缺点，可我从来不是那种贪污受贿、靠不诚实的人来装肥自己腰包的家伙！"

"好样儿的孩子！"农夫拍着他的肩膀，"我这就放你回家。"说着，给他脱掉了狗颈圈。

# 第二十三章　失去仙女和爸爸

皮诺曹一离开农夫的家，就撒腿穿过田野，一分钟也不停，一直来到通往仙女家的那条大道。

可他望了望，却看不到天蓝色头发的美丽仙女的那座小房子。这时候他感到不妙，马上使出最后的脚劲拼命跑起来，几分钟工夫就来到曾经有一座白房子的草地上，现在白房子没有了，原来是白房子的地方只有一小块大理石碑，石碑上刻着几行字：

这里安眠着

天蓝色头发的仙女

由于她的弟弟皮诺曹

jiāng tā yí qì
将她遗弃

tā yīn bēi shāng ér kè rán cháng shì
她因悲伤而溘然长逝

mù ǒu shāng xīn de dú wán zhè jǐ háng zì yǐ hòu pā dǎo zài dì shang
木偶伤心地读完这几行字以后，趴倒在地上，

bǎ nà kuài dà lǐ shí bēi wěn le chéngqiān biàn háo táo dà kū qǐ lái tā
把那块大理石碑吻了成千遍，嚎啕大哭起来。他

kū le zhěngzhěng yí yè dào dì èr tiān dà bái tiān hái zài kū suī rán yǎn lèi
哭了整整一夜，到第二天大白天还在哭，虽然眼泪

早已哭干了。他哭得这样伤心这样响，周围所有的土岗子都接连发出了回声。

他哭着说："噢，我的好仙女，你怎么死了……为什么是你死而不是我死，我是这么坏，你是那么好……我的爸爸，你在哪儿啊！我的好仙女，请你告诉我，我到哪儿能够找到他呢？"

这时候一只大鸽子飞了过来。"哦，你爸爸，我3天以前在海边跟他分手了。"

"他在那里干什么？"

"他在造一只小船要漂洋过海。这可怜人到处找你，可他哪儿也找不到你，现在想到新大陆那些遥远的国家去找。"

"从这里到海边有多远?"皮诺曹焦急不安地问。

"1000多公里。你要去,我带你去。"

说完,鸽子就驮着木偶动身了。第二天早晨他

们来到海边,鸽子放下皮诺曹马上

又飞走了。

海边都是人。

他们看着大海,

又叫又做手势。

"出什么事

了?"皮诺曹问旁边一位老

大娘。

"是这么回事:一位可

怜的爸爸丢了他的儿子，想坐小船到海那边去找。

可今天海上风浪大，小船要沉了……"

"小船呢？"

"在那边，我指头指着的地方。"老大娘指着一只小船说。这只小船离得老远，像半个核桃壳，里面有个很小很小的人。

皮诺曹睁大眼睛朝那边仔细一看，顿时大吃一惊，尖声高叫：

"那是我爸爸！那是我爸爸！"

这时小船被急浪拍打着，一会儿在汹涌的波浪中消失不见，一会儿又浮了上来。皮诺曹站到一块很高的礁石顶上，不断叫唤他爸爸的名字。

杰佩托虽然离岸很远，好像也认出了

hái zi yīn wèi tā yě jǔ qǐ mào zi xiàng hái zi dǎ zhāo hu jié lì yào ràng
孩子，因为他也举起帽子向孩子打招呼，竭力要让

hái zi zhī dào tā jiù yào huí lái le kě shì hǎi shang fēng làng tài dà chuán
孩子知道，他就要回来了，可是海上风浪太大，船

jiǎng bù dǐng yòng tā méi fǎ huá huí àn biān lái
桨不顶用，他没法划回岸边来。

hū rán yí gè kě pà de dà làng dǎ lái chuán bú jiàn le dà jiā děng
忽然一个可怕的大浪打来，船不见了。大家等

zhe chuán chóng xīn fú
着船重新浮

shàng shuǐ miàn kě chuán
上水面，可船

zài yě bú jiàn shàng lái
再也不见上来。

kě lián de
"可怜的

rén jù jí zài àn
人！"聚集在岸

biān de yú mín men
边的渔民们

shuō rán hòu tā men dī shēng
说。然后他们低声

qí dǎo zhe zhǔn bèi gè zì huí
祈祷着，准备各自回

jiā le
家了。

zhèng zài zhè shí hou　　tā men kàn jiàn mù ǒu cóng jiāo shí dǐngshang tiào jìn
正在这时候，他们看见木偶从礁石顶上跳进

dà hǎi　zuǐ li jiào zhe　　wǒ yào jiù wǒ de bà ba
大海，嘴里叫着："我要救我的爸爸！"

pí nuò cáo bú guò shì yí kuài mù tou　　yīn cǐ hěn róng yì jiù
皮诺曹不过是一块木头，因此很容易就

fú dào shuǐ miànshang　xiàng tiáo yú shì de yóu qǐ lái　zhǐ jiàn tā yí
浮到水面上，像条鱼似的游起来。只见他一

huì er bèi bō làng yì
会儿被波浪一

chōng　luò dào shuǐ xià
冲，落到水下

miàn bú jiàn le　yí
面不见了，一

huì er yòu
会儿又

zài lí àn
在离岸

hěn yuǎn de
很远的

dì fangchóng xīn chū xiàn　zuì hòu zài yě kàn bú jiàn tā le
地方重新出现，最后再也看不见他了。

kě lián de hái zi　　jù jí zài àn biān de yú
"可怜的孩子！"聚集在岸边的渔

mín men shuō　tā men yòu dī shēng qí dǎo zhe　gè zì huí jiā
民们说。他们又低声祈祷着，各自回家

qù le
去了。

# dì èr shí sì zhāng   dì yī cì láo dòng
# 第二十四章　第一次劳动

pí nuò cáo yì xīn xiǎng yào jí shí gǎn dào bǎ tā kě lián de bà ba jiù
皮诺曹一心想要及时赶到，把他可怜的爸爸救
chū lái yú shì yóu le zhěngzhěng yí yè
出来，于是游了整整一夜。

tiān liàng shí hou tā kàn dào le yí gè gū dǎo yú shì pīn le mìng yào
天亮时候，他看到了一个孤岛，于是拼了命要
yóu dào àn shang kě shì yì zhí méi chénggōng zuì hòu yě kuī tā yùn qi hǎo
游到岸上，可是一直没成功。最后也亏他运气好，
yí gè xiōngměng de jù làng gǔn lái bǎ tā gěi rēng dào shā tān shang
一个凶猛的巨浪滚来，把他给扔到沙滩上。

tā zhàn qǐ lái xiàng sì zhōuwàng lái wàng qù shén me yě méi kàn dào tā
他站起来向四周望来望去，什么也没看到。他
gǎn jué gū líng líng de jiù fā chóu de yào kū le zhèng zài zhè shí hou tā
感觉孤零零的，就发愁得要哭了。正在这时候，他
hū rán kàn jiàn lí àn bù yuǎnyóu guò yì tiáo dà yú zhè tiáo yú jìng jìng de
忽然看见离岸不远游过一条大鱼。这条鱼静静地
yóu zhe zhěng gè tóu lòu zài shuǐ miànshang
游着，整个头露在水面上。

mù ǒu bù zhī dào zhè tiáo yú jiào shén me míng zi tā gāo shēng dà jiào
木偶不知道这条鱼叫什么名字。他高声大叫，

让它听见："喂——，大鱼先生，您在海上游时，有没有见过一只小船，里面坐着我的爸爸？"

"我是海豚，昨夜刮暴风，那小船准沉了。"大鱼回答说。

"那我爸爸呢？"

"一定给可怕的鲨鱼吃下去了。好几天来，这条鲨鱼净在我们这个海里破坏和横扫一切。"

"这条鲨鱼很大很大吗？"皮诺曹问道。这时他吓得打起哆嗦来了。

"大极啦！"海豚回答说，"它的嘴巴又大又深，一下子可以开进去整整一列火车，再加上冒烟的火车头。"

"我的妈呀！"木偶惊叫起来。他赶紧穿上衣服，转脸对海豚说："再见，海豚先生。"说时迟那时快，他马上踏上小道，加快步子走了起来。

走了半小时，他来到一个小国，名字叫做"勤劳

蜜蜂国"。街上的人们全都干活,打起灯笼也找不到一个懒汉和二流子。

"我明白了,"这个不想干活的皮诺曹马上说,"这不是我呆的地方!我生下来可不是干活的!"

这时候他饿得要命,因为他已经好久没吃东西了。怎么办?他只好向过路的人讨钱。

不到半小时,至少碰到过了20个人。皮诺曹向他们一个个讨钱,可他们都回答说:"你不害臊吗?你不要当街乞讨了,还是找点活儿干干,学着自己挣面包吃吧!"

最后走过一位和善的小妇人,她提着两瓦罐水。

"好太太,赏点钱给我吧!我肚子饿极了!"

"这里是两瓦罐水,你帮我拿一瓦罐,送到我家里,我就给一大块面包。"

皮诺曹看着瓦罐,不说好也不说不好。

"除了面包,还给你一大盆花椰菜,上面浇上

yóu hé là jiàng yóu  duì le    hái yǒu hǎo chī de jiǔ xīn táng    hǎo xīn de xiǎo
油和辣酱油，对了，还有好吃的酒心糖。"好心的小

fù rén yòu shuō
妇人又说。

pí nuò cáo bèi hǎo chī de jiǔ xīn táng xī yǐn zhù le    tā dā ying le
皮诺曹被好吃的酒心糖吸引住了，他答应了。

wǎ guàn hěn zhòng    mù ǒu yòng liǎng zhī shǒu
瓦罐很重，木偶用两只手

ná bú dòng    jiù yòng tóu lái dǐng
拿不动，就用头来顶。

dào le jiā li    hǎo xīn de xiǎo fù rén ràng
到了家里，好心的小妇人让

pí nuò cáo zuò zài  yì zhāng pū hǎo tái bù de xiǎo
皮诺曹坐在一张铺好台布的小

zhuō zi páng biān    zài tā miàn qián fàng shàng miàn bāo
桌子旁边，在他面前放上面包、

tiáo hǎo wèi de huā yē
调好味的花椰

cài hé jiǔ xīn táng
菜和酒心糖。

pí nuò cáo bú
皮诺曹不

shì chī ér shì tūn
是吃而是吞，

bù yí huì er    dù
不一会儿，肚

zi jiù bǎo le    tā
子就饱了。他

jiù tái qǐ tóu lái
就抬起头来，

xiǎng yào xiè xie gěi tā
想要谢谢给他

chī fàn de xiǎo fù rén kě shì cái kàn dì yī yǎn tā jiù
吃饭的小妇人。可是才看第一眼，他就

jīng qí de tuō cháng shēng yīn dà jiào ō tā
惊奇得拖长声音大叫："噢——！"他

zuò zài nà lǐ dāi dāi de yí dòng bú dòng yǎn jing dèng yuán
坐在那里呆呆的一动不动，眼睛瞪圆，

chā zi gāo gāo jǔ zhe zuǐ ba li sāi mǎn le miàn bāo hé huā
叉子高高举着，嘴巴里塞满了面包和花

yē cài
椰菜。

yuán lái miàn qián de zhè wèi hǎo xīn de
原来面前的这位好心的

xiǎo fù rén jiù shì nà ge yǐ jīng sǐ qù de
小妇人就是那个已经死去的

xiān nǚ
仙女。

pí nuò cáo kū le kū de lèi rú quán
皮诺曹哭了，哭得泪如泉

yǒng guì dǎo zài dì bào
涌，跪倒在地，抱

zhù xiān nǚ de xī gài
住仙女的膝盖。

# dì èr shí wǔ zhāng 第二十五章　tīng mā ma de huà 听妈妈的话

xiǎo xiān nǚ bèi rèn chū lái le 小仙女被认出来了，liǎn shang suī méi lù chū shén me biǎo qíng脸上虽没露出什么表情，dàn nèi xīn shí fēn gāo xìng但内心十分高兴。tā duì pí nuò cáo shuō她对皮诺曹说："nǐ zhè mù tou xiǎo guǐ你这木头小鬼！nǐ zěn me rèn chū shì wǒ de你怎么认出是我的？"

"wǒ rè ài nín我热爱您，jiù rèn chū shì nín le就认出是您了。"

"nǐ jì de ma你记得吗？nǐ rēng xià wǒ de shí hou你扔下我的时候，wǒ hái shi gè xiǎo gū niang我还是个小姑娘，kě nǐ xiàn zài pèng dào wǒ可你现在碰到我，wǒ yǐ jīng shì gè fù rén le我已经是个妇人了。wǒ jiǎn zhí kě yǐ zuò nǐ de mā ma le我简直可以做你的妈妈了！"

"nà wǒ tài gāo xìng le那我太高兴了，wǒ jiù jiào nín mā ma ba我就叫您妈妈吧。duō shǎo rì zi yǐ lái多少日子以来，wǒ yì zhí xiǎng gēn suǒ yǒu de hái zi nà yàng yǒu gè mā ma我一直想跟所有的孩子那样有个妈妈……kě nín zěn me huì zhǎng de zhè yàng kuài de可您怎么会长得这样快的？"

zhè shì yí gè mì mì
"这是一个秘密。"

gào su wǒ ba    wǒ bù xiǎng zuò mù ǒu le    yě xiǎng zhǎng dà yì diǎn
"告诉我吧。我不想做木偶了,也想长大一点。

wǒ xiàn zài yào biàn rén    gēn suǒ yǒu rén yí yàng de rén
我现在要变人,跟所有人一样的人。"

nǐ huì biàn chéng rén de    zhǐ yào nǐ yì zhí zuò gè hǎo hái zi
"你会变成人的,只要你一直做个好孩子。"

hǎo de    wǒ yào biàn chéng yí gè hǎo hái zi    wǒ hái yào chéng wéi wǒ
"好的。我要变成一个好孩子,我还要成为我

bà ba de ān wèi    zhè huì er wǒ kě lián de bà ba zài nǎ er ne
爸爸的安慰……这会儿我可怜的爸爸在哪儿呢?"

wǒ bù zhī dào
"我不知道。"

“我还能看见他和拥抱他吗？我有这份福气吗？”

“我相信你有，而且我保证。”

皮诺曹听了这个回答，高兴地抓住仙女的手发疯似的吻起来。接着他抬起头，亲热地看着仙女问道：“告诉我，好妈妈，你不是真死了吧？”

“好像不是。”仙女微笑着回答。

“你知道我当时多么伤心，觉得喉

lóng dōu dǔ zhù le　yí gè zì yí gè zì de dú　zhè lǐ ān mián zhe
咙都堵住了，一个字一个字地读:'这里安眠着……'"

wǒ zhī dào　nǐ de shāng xīn shì zhēnchéng de　yīn cǐ wǒ jiù yuán liàng
"我知道，你的伤心是真诚的，因此我就原谅

nǐ le　wǒ yào zuò nǐ de mā ma
你了，我要做你的妈妈……"

ō　duō měi a　pí nuò cáo dà jiào　gāo xìng de tiào qǐ lái
"噢！多美啊！"皮诺曹大叫，高兴地跳起来。

nǐ yào tīng wǒ de huà　yǒngyuǎnzhào wǒ duì nǐ shuō de huà qù zuò
"你要听我的话，永远照我对你说的话去做。"

wǒ yuàn yì　wǒ yuàn yì　wǒ yuàn yì
"我愿意，我愿意，我愿意！"

kě dāngxiān nǚ mā ma yào mù ǒu shàng xué hé gōng zuò shí　mù ǒu yòu bù
可当仙女妈妈要木偶上学和工作时，木偶又不

gāo xìng le　tā shuō　xiàn zài cái qù shàng xué　hǎo xiàngwǎn le diǎn ba　hái
高兴了。他说:"现在才去上学，好像晚了点吧，还

yǒu gàn huó　gàn huó tài lèi le
有干活，干活太累了。"

wǒ de hái zi　xiān nǚ
"我的孩子，"仙女

shuō　shuō zhè zhǒng huà de rén　zuì
说，"说这种话的人，最

hòu chà bu duō bú shì jìn jiān yù
后差不多不是进监狱

jiù shì jìn yī yuàn　gào su nǐ
就是进医院。告诉你，

yí gè rén bù guǎnshēng xià lái shì
一个人不管生下来是

qióng shì fù　zài zhè ge shì jiè shang
穷是富，在这个世界上

dōu děi zuò diǎn shì
都得做点事，

gàn nǎ yì háng dōu yào láo dòng lǎn duò méi yǒu hǎo jié guǒ lǎn duò shì yì
干哪一行,都要劳动。懒惰没有好结果!懒惰是一

zhǒng zuì huài de máo bìng bì xū mǎ shàng cóng xiǎo zhì hǎo yào bù dà le jiù
种最坏的毛病,必须马上从小治好。要不,大了就

zài yě zhì bù hǎo le
再也治不好了!"

zhè fān huà dǎ dòng le pí nuò cáo de xīn tā gāo xìng de yòu tái qǐ
这番话打动了皮诺曹的心。他高兴地又抬起

tóu lái duì xiān nǚ mā ma shuō wǒ yào xué xí wǒ yào gàn huó nǐ duì
头来,对仙女妈妈说:"我要学习,我要干活,你对

wǒ zěn me shuō wǒ jiù zěn me zuò yí
我怎么说我就怎么做,一

jù huà mù ǒu de shēng huó wǒ guò nì
句话,木偶的生活我过腻

le wǒ wú lùn rú hé yě yào biàn
了,我无论如何也要变

chéng yí gè hái zi nǐ dā ying
成一个孩子。你答应

wǒ le bú shì ma
我了,不是吗?"

# 第二十六章　经不住诱惑

第二天皮诺曹就上了公立学校。

孩子们看见一个木偶进他们的学校，他们都开始嘲笑他，还不断捉弄他。有人摘他的帽子，有人从后面拉他的小背心，有人想用线绑在他的脚上和手上，好牵着线让他跳舞。

起初皮诺曹很镇静，不去理睬他们。可后来忍不住了，他板起脸说："小心点，孩子们，我上这儿来可不是给你们当小丑的。我尊重大家，希望大家也尊重我。"

"好一个小鬼！"一个最胆大妄为的孩子说着

<sup>shēn shǒu yào zhuā mù ǒu de bí jiān  kě tā méi lái de jí zhuā zhù  yīn wèi pí</sup>
伸手要抓木偶的鼻尖。可他没来得及抓住，因为皮

<sup>nuò cáo zài zhuō zi xià miàn shēn chū jiǎo lái   zài tā xiǎo tuǐ gǔ shang hěn hěn tī</sup>
诺曹在桌子下面伸出脚来，在他小腿骨上狠狠踢

<sup>le yí xià</sup>
了一下。

<sup>āi yō   duō yìng de jiǎo a   nà hái zi dà jiào  pīn mìng cuō bèi</sup>
"唉哟！多硬的脚啊！"那孩子大叫，拼命搓被

<sup>mù ǒu tī chū lái de wū qīng</sup>
木偶踢出来的乌青。

<sup>hái yǒu gē bo zhǒu   tā bǐ jiǎo hái yìng   lìng wài yí gè</sup>
"还有胳膊肘！……它比脚还硬！"另外一个

<sup>shuō   tā yīn wèi kāi wú lǐ de wán xiào   dù zi gěi mù ǒu de gē bo zhǒu</sup>
说。他因为开无礼的玩笑，肚子给木偶的胳膊肘

dǐng le yí xià
顶了一下。

jīng guò jiǎo zhè me yì tī gē bo zhè me yì dǐng pí nuò cáo mǎ shàng
经过脚这么一踢，胳膊这么一顶，皮诺曹马上

dé dào quán xiào xué sheng de zūn zhòng hé tóng qíng lǎo shī kàn jiàn tā shàng kè zhuān
得到全校学生的尊重和同情。老师看见他上课专

xīn dú shū yònggōng kěn dòng nǎo jīn zǒng shì dì yī gè jìn xué xiào fàng xué
心，读书用功，肯动脑筋，总是第一个进学校，放学

zuì hòu yí gè zǒu yě hěn chēng zàn tā
最后一个走，也很称赞他。

tā wéi yī de quē diǎn jiù shì jié jiāo de tóng xué tài duō qí zhōng yǒu
他唯一的缺点就是结交的同学太多。其中有

bù shǎo shì dǐng dǐng dà míng de xiǎo huài dàn
不少是鼎鼎大名的小坏蛋，

yì diǎn bù
一 点 不

xiǎng dú shū
想读书。

lǎo shī tiān tiān yào tā
老师天天要他

小心，善良的仙女也不断地对他说："小心啊，皮诺曹！迟早有一天，你这些同学会使你不爱学习的，说不定有一天还会使你闯大祸。"

"不要紧！"木偶耸耸肩膀回答说，还用食指敲敲脑门，表示："这里面有脑筋的！"

有一天，他在上学的时候，忽然遇到那一帮同学迎面走来，对他说："有一个重要的新闻你知道吗？"

"不知道。"

"这儿海边来了一条鲨鱼，大得像座山！"

"真的？是那条鲨鱼吗，当时吃掉我可怜的爸爸的？"

wǒ men dào hǎi biān qù kàn　　nǐ yě qù ma
"我们到海边去看。你也去吗？"

wǒ ma　　bú qù　　wǒ yào qù xué xiào
"我吗？不去。我要去学校。"

xué xiào yǒu shén me yào jǐn　　zán men míng tiān zài shàng xué ba
"学校有什么要紧？咱们明天再上学吧。"

lǎo shī huì zěn me shuō ne
"老师会怎么说呢？"

ràng lǎo shī qù shuō ba
"让老师去说吧。"

nà wǒ mā ma ne
"那我妈妈呢……"

zán men de mā ma shén me dōu bú huì zhī dào de　　zhè xiē wán pí
"咱们的妈妈什么都不会知道的。"这些顽皮

hái zi shuō
孩子说。

wǒ yīn wèi mǒu zhǒng lǐ yóu
"我因为某种理由，

也要去看看这条鲨鱼……可我下了课再去。"

"可怜的糊涂虫!"有一个孩子大叫,"这么大一条鱼,你以为它会呆在那儿等着,随便你什么时候去看吗?它也许一转身就会上别处去了,要看也看不到啦。"

"从这儿到海边要走多久?"木偶问道。

"来回一个钟头。"

"那就去吧!谁跑得最快谁就最有种!"皮诺曹叫道。

这声起步信号一响,一帮顽皮孩子就把他们的书啊、练习本啊夹在胳肢窝里,抢着向田野奔去了。皮诺曹跑在最前面……

# 第二十七章　被警察捉去

皮诺曹一到海边，马上放眼向海上眺望，可是什么鲨鱼也没看见。大海平静得像一面水晶镜子。

"喂，鲨鱼在哪儿？"他转脸问同学。同学们都大笑起来，笑得前仰后合。

皮诺曹这才明白是他那些同学跟他开了个大玩笑，骗他上了当。他十分恼火，气乎乎地说：

"怎么？拿鲨鱼的鬼话来骗我，这是什么道理？"

"没什么道理，我们就要你不上学，跟我们走。你天天上课那么认真地学习，你不害臊吗？"

"我学我的，跟你们有什么关系？"

"跟我们关系大极了。这一来，老师就觉得我们不好……"

木偶和那些同学开始大吵起来了。这帮小坏蛋当中最凶的一个火了，就给了木偶脑袋上一拳头。木偶马上就回敬他一拳头。就这么你一拳来我一拳去，这场架越打越大，越打越厉害了。

孩子们身上都被木偶的脚和胳膊肘打青了，他们害怕地开始拿书本扔他。可是木偶眼疾手快，全都及时躲开，因此书一本本地从他头上

fēi guò qù quán luò dào hǎi li qù le
飞过去，全落到海里去了。

zhè shí hou yí gè xiǎo huài dàn zhuā zhù yì běn hòu hòu de shū miáozhǔn
这时候，一个小坏蛋抓住一本厚厚的书，瞄准

pí nuò cáo de nǎo dai yòng zú lì qi rēng guò lái kě shì tā méi rēngzhòng
皮诺曹的脑袋，用足力气扔过来。可是他没扔中

mù ǒu què rēng zài yí gè tóng xué de tóu shang le zhè ge tóng xué de liǎn
木偶，却扔在一个同学的头上了。这个同学的脸

dùn shí bái de xiàng qiē kāi de miàn bāo zhǐ jiào chū le liǎngshēng ō wǒ de
顿时白得像切开的面包，只叫出了两声："噢，我的

妈，救救我……我要死了！"接着他就直挺挺倒在沙滩上。

孩子们看见闹出了人命，这一惊非同小可，马上撒腿就逃，一转眼就没影了。

这时候只剩下皮诺曹一个人。他虽然又难过又害怕，可还是跑到海边，把手帕浸透了海水，回来敷在他这位可怜同学的太阳穴上。他一面绝望地大哭，一面使劲地叫他这位同学的名字。

这时，两个警察走了过来。他们看见躺在地上的那个孩子一边太阳穴受伤了，就不分青红皂白地让木偶跟他们走。在走以前，两个警察叫来几个渔民，让他们把受伤的孩子带回去救护，明天来接回去。

木偶为自己辩

解了半天,可两个警察一句也听不进。他们把木偶夹在中间带走了。他们走的这条小道是进村的,没过多久,他们已经来到村边。正准备进村,忽然刮来一阵狂风,把皮诺曹头上的帽子吹起来,吹了有10步远。

木偶对两个警察说:"让我去把我的帽子捡起来吧!"

"去吧,可得快点。"

木偶走过去捡起帽子……可没戴到头上,却放在嘴里,用牙咬着,撒腿就向海边飞跑。他快得像一颗出膛的子弹。

两个警察眼看很难追上,就放出一条凶猛的大狗去追他。一路上灰尘滚滚的,几分钟以后那条猛犬和皮诺曹就什么也看不见了。

# 第二十八章 被当成木偶鱼了

那条猛犬使劲地跑啊,跑啊,差不多就要追上他。木偶心想,这回肯定死定了!

幸亏这时已经到了海边,眼看大海只有那么几步远了。

木偶一到海边,就很利落地扑通一声,跳到了水里。那条猛犬也跟着扑通一声跳到了水里。可这只倒霉的狗不会游泳,因此两只脚马上乱划,想要浮在水面上。可它越划越往下沉,连头都沉到水底下去了。

等到这条可怜的狗把头伸出来,它吓得两眼瞪

dà wāngwāng jiào zhe shuō wǒ yào yān sǐ le wǒ yào yān sǐ le
大,汪汪叫着说:"我要淹死了!我要淹死了!"

nà jiù sǐ ba pí nuò cáo zài yuǎn chù huí dá xiàn zài tā kàn
"那就死吧!"皮诺曹在远处回答。现在他看

dào tā zài yě méi yǒu shén me wēi xiǎn yǐ jīng wàn wú yì shī le
到,他再也没有什么危险,已经万无一失了。

jiù jiù wǒ wǒ de xiǎo pí nuò cáo kuài jiù jiù wǒ de mìng
"救救我,我的小皮诺曹!……快救救我的命

ba
吧……"

zhè jǐ shēng wāngwāng jiào shí fēn bēi cǎn mù ǒu běn lái xīn jiù hěn hǎo
这几声汪汪叫十分悲惨,木偶本来心就很好,

jīn bú zhù xīn ruǎn xià lái zhuǎn liǎn duì gǒu shuō kě wǒ jiù le nǐ nǐ bǎo
禁不住心软下来,转脸对狗说:"可我救了你,你保

zhèng bú zài zhǎo wǒ má fan bú zài zhuī wǒ hǎo ma
证不再找我麻烦,不再追我,好吗?"

wǒ bǎo zhèng wǒ bǎo zhèng kuài bāngbāngmáng
"我保证,我保证!快帮帮忙

ba zài guò bàn fēn zhōng wǒ jiù
吧,再过半分钟,我就

wán dàn le
完蛋了。"

pí nuò cáo xiān hái yóu yù
皮诺曹先还犹豫

le yí xià kě
了一下,可

· 123 ·

终于记起他爸爸一再说过的话：做好事永远不吃亏。就游到猛犬身边，伸出两手，一把抓住了它的尾巴，把它活生生拉上了干燥的沙滩。

这条可怜的狗站都站不住了。但木偶还是怕警察捉他，又跳到海里，对他救起来的朋友说道："再见，我的朋友，一路平安，给我向你一家问好。"

"再见，小皮诺曹，"狗回答说，"非常感谢您救了我的命。您帮了我一个天大的忙。一有机会，我会报答您的。"

皮诺曹继续紧

靠着岸边游。最后他觉得已经到了安全的地方，朝
岸上看看，看见礁石上有个山洞，山洞里冒出烟
来，飘得高高的。

"这山洞里一定有火，"他自言自语地说，"那多
好啊！让我上去把身子烤烤暖和。"

他拿定了主意，就向礁石游过去。可他到了那
里正要上岸，忽然觉得水底下有样东西升起来，
升啊，升啊，把他
一直托到空中，他
马上打算逃走，可

已经来不及了,因为使他惊奇万分的是,他竟在一个大鱼网里,夹在一大堆鱼中间。这些鱼形形色色,有大有小,正拼了命啪哒啪哒摇着尾巴挣扎。

正在这时候,他看见山洞里走出一个渔夫,样子太难看了,简直像个海怪。他的头发不是头发,是一大蓬绿草。他身上的皮肤是绿的,眼睛是绿的,胡子长长的,一直垂到脚上,也是绿的。他活像一条用后脚直立的绿色大蜥蜴。

渔夫把鱼网从海里拉出来,兴高采烈地叫道:"老天爷保佑！今天我又可以大吃一顿鲜鱼了！"

一网鱼都拿到山洞里。山洞里很黑，满是烟。

山洞当中有一只大油锅正沸腾着。

绿莹莹的渔夫把鱼儿一个个清点地扔到缸里，

最后一个留在网里的是皮诺曹。

渔夫把他一抓出来，两只绿色大眼睛顿时都吓

得瞪圆了。他害怕地叫起来："这是什么鱼？我想

不起我曾经吃过这种鱼！"

他把木偶再仔仔细细地看了一遍，等到看仔细

了，最后说："我明白了。这准是海里的螃蟹。"

皮诺曹一听生气了，大声说："什么螃蟹不螃

蟹？瞧你把我当什么啦！

告诉你，我是木偶。"

"木偶？"渔夫反问，

"说真的，木偶鱼对我来

说是一种新的

yú　　　nà gèngmiào le　　wǒ gèngxiǎng chī nǐ le
鱼！那更妙了，我更想吃你了。"

chī wǒ　　kě nín bù dǒng ma　wǒ bú shì yú　kuài fàng le wǒ　ràng
"吃我？可您不懂吗，我不是鱼？快放了我，让

wǒ huí jiā
我回家！"

nǐ zài kāi wán xiào　　zhè me yì tiáo shǎo yǒu de yú　　nǐ yǐ wéi wǒ
"你在开玩笑！这么一条少有的鱼，你以为我

huì fàng guò jī huì bù cháng yì cháng ma　　zài zhè lǐ hǎi shang hái cóng lái bù zhī
会放过机会不尝一尝吗？在这里海上还从来不知

dào yǒu mù ǒu yú　　yī wǒ de bàn ba　wǒ bǎ nǐ gēn suǒ yǒu de yú yí kuài
道有木偶鱼！依我的办吧，我把你跟所有的鱼一块

er fàng zài yóu guō li zhá　nǐ huì mǎn yì de
儿放在油锅里炸，你会满意的。"

bú xìng de pí nuò cáo yì tīng míng
不幸的皮诺曹一听明

128

白这意思，就开始哇哇大哭，又开始怨天怨地了。由于他扭得像条鳗鱼，使出叫人难以相信的力气要挣脱绿莹莹的渔夫的手。这双手就拿起一束结实的蒲草，把皮诺曹的双手双脚捆起来，捆得像根香肠，扔到缸底跟其他的鱼在一起。

接着他拿出一大木盘面粉来拌所有的鱼，一条一条都拌好了，就扔到油锅里炸。最后轮到了皮诺曹。皮诺曹看到死期已至，不由得浑身发抖，害怕得既发不出声音，也透不过气来，根本没法子哀求饶命。绿莹莹的渔夫把木偶在面粉里拌了五六遍，从头到脚拌了个透。皮诺曹浑身都是面粉，就像个小石膏像。

接着渔夫抓住他的头，一举手就要把皮诺曹扔进油锅……

# dì èr shí jiǔ zhāng jié hòu yú shēng
# 第二十九章 劫后余生

kě zhèng zài zhè jiē gu yǎn shang yì tiáo dà gǒu pǎo jìn shāndòng lái tā
可正在这节骨眼上，一条大狗跑进山洞来。它

shì gěi zhá yú de nóng liè xiāng wèi zhāo yǐn lái de
是给炸鱼的浓烈香味招引来的。

chū qù yú fū xià hu zhe duì gǒu yāo he shǒu li réng jiù līn zhe
"出去！"渔夫吓唬着对狗吆喝，手里仍旧拎着

mǎn shēn shì miàn fěn de mù ǒu
满身是面粉的木偶。

kě lián de gǒu shí zài tài è le tā yáo huàng zhe wěi ba wāngwāng de
可怜的狗实在太饿了，它摇晃着尾巴汪汪地

jiào xiàng shì shuō gěi wǒ diǎn yóu zhá yú wǒ jiù bù dǎ rǎo nǐ le
叫，像是说："给我点油炸鱼，我就不打扰你了。"

wǒ duì nǐ shuō chū qù yú fū zài shuō yí biàn shēn chū tuǐ lái
"我对你说，出去！"渔夫再说一遍，伸出腿来

jiù gěi tā yì jiǎo
就给它一脚。

gǒu shēng qì de xiàng yú fū zhuǎn guò liǎn lái zī qǐ liǎng pái kě pà de
狗生气地向渔夫转过脸来，呲起两排可怕的

yá chǐ
牙齿。

正在这时候，它听见山洞里发出一个很微弱

很微弱的声音，说："救救我，我的朋友！你不救我，

我就要给油炸了……"

狗马上听出了是皮诺曹

的声音。它觉得最奇怪

的是，这微弱声音是

渔夫手里

那团沾满

面粉的东西

发出来的。于是它

从地上猛地跳得半尺

高，咬住那团沾满面粉的东

西，用牙轻轻地叼着，就冲出山

洞，像闪电似的溜掉了。

渔夫一心想吃这条鱼，眼看它从手

里给抢走了，气得发疯，就想去追那条狗。

kě zǒu le jǐ bù   hū rán ké sòu de lì hai   zhǐ hǎo huí lái
可走了几步，忽然咳嗽得厉害，只好回来。

zhè shí hou gǒu yòu lái dào tōngwǎng cūn zi de xiǎo dào   tíng xià jiǎo bù
这时候狗又来到通往村子的小道，停下脚步，

bǎ tā de péng you pí nuò cáo xiǎo xīn yì yì de fàng zài dì shang
把它的朋友皮诺曹小心翼翼地放在地上。

wǒ gāi zěn me xiè nǐ ya   mù ǒu shuō
"我该怎么谢你呀？"木偶说。

bú yòng xiè   gǒu huí dá shuō   nǐ jiù guò wǒ de mìng   shàn yǒu shàn
"不用谢，"狗回答说，"你救过我的命，善有善

bào   yào zhī dào   zài zhè ge shì jiè shang dà jiā yīng gāi hù xiāngbāng zhù
报。要知道，在这个世界上大家应该互相帮助。"

gǒu xiào zhe xiàng mù ǒu shēn chū yòu zhuǎ zi   mù ǒu shǐ jìn jǐn jǐn de wò
狗笑着向木偶伸出右爪子，木偶使劲紧紧地握

zhù tā   biǎo shì jí qí yǒu hǎo
住它，表示极其友好

de gǎn qíng   jiē zhe tā men jiù
的感情。接着他们就

fēn shǒu le
分手了。

gǒu chóng xīn qǔ dào huí
狗重新取道回

jiā   pí nuò cáo jìng zhí shàngxiān
家。皮诺曹径直上仙

nǚ jiā   jué dìng qiāo qiāo mén   zì jǐ jiù
女家，决定敲敲门，自己就

kāi mén jìn qù
开门进去。

可是一到那里，他觉得勇气没有了，他的手举
起又放下，连续好几回。最后他才发着抖，轻轻地
把门敲了敲。

他等啊，等啊，最后过了半个钟头，最高一层
（这是座四层楼房）才打开窗子，皮诺曹看见一只
大蜗牛探出头来，头上有盏点亮的小灯。蜗牛问：
"这么晚了，是谁

ya
呀？”

pí nuò cáo
“皮诺曹。”

pí nuò cáo shì shéi
“皮诺曹是谁？”

shì mù ǒu yuán xiān gēn xiān nǚ zhù zài yì qǐ de
“是木偶，原先跟仙女住在一起的。”

ā wǒ míng bai le wō niú
“啊，我明白了，”蜗牛
shuō nǐ děngděng wǒ wǒ zhè jiù xià
说，“你等等我，我这就下
lái gěi nǐ kāi mén
来给你开门。”

xiè xie nǐ kuài yì diǎn wǒ dōu
“谢谢你快一点，我都
yào lěng sǐ le
要冷死了。”

mù ǒu yì zhí děng zhe yī xiǎo
木偶一直等着。一小
shí liǎng xiǎo shí sì xiǎo shí yì zhí
时、两小时、四小时，一直
děng dào tiān liàng ménzhōng yú kāi le wō
等到天亮，门终于开了。蜗
niú zhè yào mìng de xiǎoshēng wù zhěngzhěng huā le
牛这要命的小生物整整花了9
gè zhōng tóu cái xià wán sì céng lóu lái dào lín
个钟头，才下完四层楼，来到临
jiē de dà mén kǒu děi shuō jù lǎo shi huà tā yǐ
街的大门口。得说句老实话，它已
jīng zǒu de mǎn shēn dà hàn le
经走得满身大汗了！

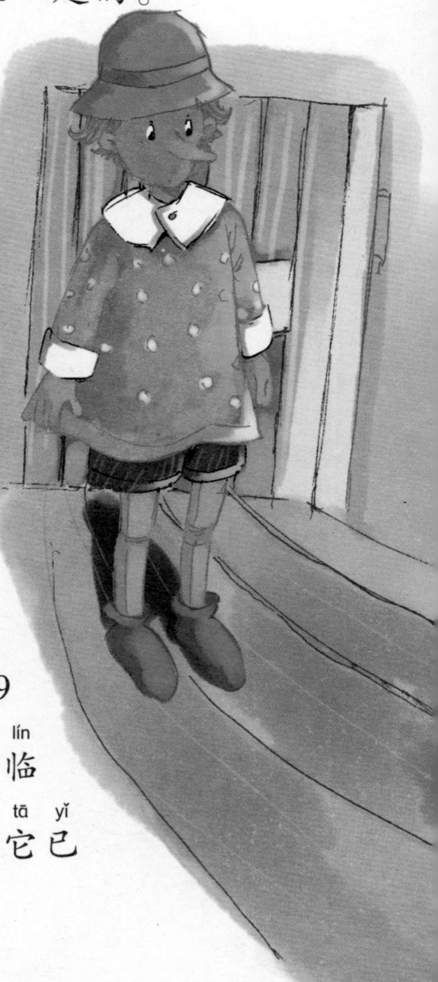

nín gěi wǒ diǎn shén me chī chī ba    wǒ dōu yào è sǐ le
"您给我点什么吃吃吧，我都要饿死了。"

mǎ shàng ná lái      wō niú shuō
"马上拿来！"蜗牛说。

shí jì shang yòu zhěng zhěng guò le    gè bàn zhōng tóu    pí nuò cáo cái kàn
实际上又整整过了3个半钟头，皮诺曹才看

jiàn tā dǐng zhe gè yín tuō pán huí lái    tuō pán shang yǒu yí gè miàn bāo    yì
见它顶着个银托盘回来。托盘上有一个面包、一

zhī zhá jī hé sì gè zhǎng shú le de xìng zi
只炸鸡和四个长熟了的杏子。

zhè shì xiān nǚ gěi nín sòng lái de zǎo fàn    wō niú shuō
"这是仙女给您送来的早饭。"蜗牛说。

mù ǒu kàn dào zhè dùn dà cān    gǎn dào hún shēn lái jìn le    kě děng dào
木偶看到这顿大餐，感到浑身来劲了。可等到

tā yì chī    mǎ shàng jiù dǎo wèi kǒu
他一吃，马上就倒胃口，

yuán lái miàn bāo shì bái è zuò de
原来面包是白垩做的，

zhá jī shì hòu bǎn zhǐ zuò de
炸鸡是厚板纸做的，

sì gè xìng zi shì shí gāo zuò
四个杏子是石膏做

<sup>hǎo</sup> <sup>tú shàng yán sè de</sup>
好,涂上颜色的!

<sup>tā shī wàng de xiǎng kū</sup> <sup>xiǎng bǎ tuō pán lián tóng shàng miàn de dōng xi</sup> <sup>yì qǐ</sup>
他失望得想哭,想把托盘连同上面的东西一起

<sup>shuǎi diào</sup> <sup>kě bù zhī shì yóu yú tài shāng xīn ne hái shi tài è</sup> <sup>yí xià zi hūn</sup>
甩掉,可不知是由于太伤心呢还是太饿,一下子昏

<sup>dǎo le</sup>
倒了。

<sup>děng dào tā xǐng lái</sup> <sup>tā yǐ jīng zhí tǐng tǐng tǎng zài</sup> <sup>yì zhāng shā fā chuáng</sup>
等到他醒来,他已经直挺挺躺在一张沙发床

<sup>shang xiān nǚ jiù zài tā shēn biān</sup>
上,仙女就在他身边。

<sup>zhè yì huí wǒ yě yuán liàng nǐ le</sup> <sup>xiān nǚ duì tā shuō</sup> <sup>kě nǐ zài</sup>
"这一回我也原谅你了,"仙女对他说,"可你再

<sup>gěi wǒ lái zhè me yí cì</sup> <sup>jiù</sup>
给我来这么一次,就

<sup>méi nǐ hǎo de</sup>
没你好的……"

<sup>pí nuò cáo dǔ</sup>
皮诺曹赌

<sup>zhòu fā shì</sup> <sup>shuō tā</sup>
咒发誓,说他

要用功读书,做个很好很好的孩子。这一年下来,他都守住他的诺言。的确,他大考光荣地得了全校第一名,品行总的说来也得到好评,令人满意。

因此仙女十分高兴,对他说:"你的愿望明天终于要实现了!"

"你说什么?"

"到明天你就不再是一个木偶,而要变成一个真的孩子了。"

皮诺曹高兴地跳起来了!他一直盼望着这个消息。为了庆祝这件大喜事,明天仙女家要举行盛大的早宴,把他所有的朋友和同学都请来参加。仙女答应准备200杯牛奶咖啡和400片面包,每片面包都两面涂上黄油。

## 第三十章　跟小灯芯去"玩儿国"

皮诺曹马上就得到仙女同意，进城去把要请的人都给请来。临走时仙女对他说："那你就去请你的同学们明天来参加早宴吧。可你记住了，天黑前就得回家。明白了吗？"

"我保证一个钟头就回来。"木偶回答说。

"咱们看吧。万一你不听话，你就要吃更大的苦头。"

"现在我不会再犯老毛病了！"

"我说的话是真是假，咱们看吧。"

木偶跟做他妈妈的好心仙女告了别，又唱又跳

de chū mén qù le
地出门去了。

yí gè zhōng tóu duō yì diǎn  suǒ yǒu de péng you tā dōu qǐng dào le
一个钟头多一点，所有的朋友他都请到了。

pí nuò cáo yǒu gè zuì zhī jǐ zuì yào hǎo de péng you  míng jiào luó méi
皮诺曹有个最知己最要好的朋友，名叫罗梅

ào  chuò hào jiào  xiǎo dēng xīn  yīn wèi tā yòu gān yòu shòu  huó xiàng wǎn shang
奥，绰号叫"小灯芯"，因为他又干又瘦，活像晚上

xiǎo yóu dēng diǎn de  yì gēn xīn dēng xīn  xiǎo dēng xīn zài quán xiào xué sheng dāng zhōng
小油灯点的一根新灯芯。小灯芯在全校学生当中

zuì lǎn duò zuì dǎo dàn  kě pí nuò cáo què hěn xǐ huan tā
最懒惰最捣蛋，可皮诺曹却很喜欢他。

pí nuò cáo shàng tā jiā qù zhǎo tā  yào qǐng tā fù zǎo yàn  kě zěn me
皮诺曹上他家去找他，要请他赴早宴，可怎么

yě méi zhǎo dào
也没找到。

nǎ er néng zhǎo dào
哪儿能找到

tā ne  zhè lǐ
他呢？这里

zhǎo  nà lǐ
找，那里

zhǎo  zuì hòu
找，最后

zǒng suàn kàn
总算看

jiàn tā duǒ
见他躲

zài yì jiān
在一间

nóng shè de mén láng li
农舍的门廊里。

nǐ zài zhè er gàn má　　pí nuò cáo zǒu guò qù wèn tā
"你在这儿干吗？"皮诺曹走过去问他。

děng bàn yè hǎo lí kāi zhè lǐ
"等半夜好离开这里……"

shàng nǎ er　　wǒ hái zhǔn bèi qǐng nǐ dào wǒ jiā qìng zhù li　　yīn wèi
"上哪儿？我还准备请你到我家庆祝哩，因为

míng tiān wǒ jiù bú zài shì mù ǒu le　chéng wéi yí gè zhēn hái zi　hé nǐ yí
明天我就不再是木偶了，成为一个真孩子，和你一

yàng
样。"

gōng xǐ gōng xǐ　　bú guò wǒ bù néng cān jiā　　jīn wǎn wǒ bì xū děi
"恭喜恭喜，不过我不能参加。今晚我必须得

qù yí gè guó jiā　　zhè
去一个国家……这

shì quán shì jiè zuì měi de guó
是全世界最美的国

jiā　　yí gè zhēnzhèng de kuài
家，一个真正的快

lè de guó jiā
乐的国家……"

zhè guó jiā jiào shén me
"这国家叫什么

míng zi
名字？"

"叫'玩儿国'。你干吗不跟我一起去呢?"

"我,我可不去!"

"那你就大错特错了,皮诺曹!你相信我的话,不去你要后悔的。对我们孩子来说,哪儿还能找到一个更好的国家呢?那儿没有学校,那儿没有老师,那儿没有书本。在这幸福国家里永远不要学习。真对我胃口!"

"在'玩儿国'里日子是怎么过的?"

"就玩着过,从早玩到晚。晚上睡一觉,第二天早晨又重新开始玩。你觉得怎么样?"

皮诺曹"嗯"了一声,轻轻点点头,像是说:

"这种日子我也真想过。"

"那么,你想跟我一起去

<sup>ma</sup> 吗？<sup>qù hái shi bú qù</sup> 去还是不去？<sup>nǐ ná zhǔ yi ba</sup> 你拿主意吧。"

"<sup>bú qù</sup> 不去，<sup>bú qù</sup> 不去，<sup>bú qù</sup> 不去，<sup>wǒ bú qù</sup> 我不去。<sup>rú jīn wǒ yǐ jīng dā ying</sup> 如今我已经答应<sup>guò wǒ de hǎo xīn xiān nǚ</sup> 过我的好心仙女，<sup>shuō wǒ yào zuò gè hǎo hái zi</sup> 说我要做个好孩子，<sup>shuō le jiù yào suàn</sup> 说了就要算<sup>shù</sup> 数。<sup>hǎo le</sup> 好了，<sup>wǒ děi zǒu le</sup> 我得走了，<sup>zài jiàn</sup> 再见，<sup>zhù nǐ yí lù píng ān</sup> 祝你一路平安。"

<sup>mù ǒu gāng zǒu liǎng bù</sup> 木偶刚走两步，<sup>kě yòu huí lái le</sup> 可又回来了。"<sup>nǐ duàn dìng zhè guó jiā</sup> 你断定这国家<sup>méi yǒu xué xiào ma</sup> 没有学校吗？"

"<sup>lián xué xiào de yǐng zi yě méi yǒu</sup> 连学校的影子也没有。"

"<sup>yě méi yǒu lǎo shī ma</sup> 也没有老师吗？"

"<sup>yí gè yě méi yǒu</sup> 一个也没有。"

"<sup>yě bú yào xué xí ma</sup> 也不要学习吗？"

"<sup>bú yào bú yào bú</sup> 不要，不要，不<sup>yào</sup> 要！"

"多美的国家啊!"皮诺曹说,觉得口水就要流下来了。

这时天已经全黑,黑得伸手不见五指了。忽然只见远远有一点灯光在移动……还听到铃铛声和喇叭声,声音很轻很闷,像蚊子在嗡嗡叫!

"来了!"小灯芯叫着跳起来。

"谁来了?"皮诺曹低声问。

"来接我的车子。好,你要去吗?去还是不去?"

"可你说的是真话吗?"木偶问道,"在那个国家里孩子都不要学习?"

"不要,不要,不要!"

"多美的国家呀……多美的国家……多美的国家呀……"

# 第三十一章 短暂的快乐生活

由 12 对小驴子拉的车来了，说实在的，车上 8 岁到 12 岁的孩子都已经挤满了，他们给挤得够呛，连气都几乎透不过来，可没人说一句埋怨话。因为他们知道，过几个钟头他们就要到一个国家，那儿没有书本，没有学校，没有老师。

车子一停，车上没地方，小灯芯将就着坐在了车辕上。

皮诺曹站在一边，本想回去，答应仙女妈妈在学校里做个好学生的，可车上的孩子都劝他："跟我们去吧，咱们会过得快活的。"

pí nuò cáo xīn dòng le　　zǒu xiàng lú chē　　kě lú zi yì jiǎo jiāng tā tī
皮诺曹心动了，走向驴车，可驴子一脚将他踢

dǎo zài dì　　gǎn chē de yì kǒu yǎo diào le tā bàn zhī yòu ěr duo
倒在地。赶车的一口咬掉了它半只右耳朵。

zhè shí hou pí nuò cáo gǎn jǐn cóng dì shang pá qǐ lái　　yí tiào jiù tiào
这时候皮诺曹赶紧从地上爬起来，一跳就跳

shàng le zhè tóu kě lián shēng kou de pì gu　　kě lú zi yí xià zi yòu bèng qǐ
上了这头可怜牲口的屁股。可驴子一下子又蹦起

liǎng zhī tuǐ　　yòng jìn lì qi yì tī　　bǎ kě lián de mù ǒu shuǎi dào lù dāng zhōng
两只腿，用尽力气一踢；把可怜的木偶甩到路当中

yì duī shí zǐ shàng
一堆石子上

miàn　　gǎn chē de yì
面。赶车的一

kǒu yòu yǎo diào tā bàn
口又咬掉它半

zhī zuǒ ěr duo
只左耳朵。

pí nuò cáo zhōng
皮诺曹终

yú qí shàng lú zi
于骑上驴子，

chē zi chū
车子出

fā le
发了。

kě zhè shí
可这时

hou mù ǒu tīng dào yí gè hěn qīng de shēng yīn duì tā shuō
候，木偶听到一个很轻的声音对他说：

kě lián de shǎ guā nǐ huì hòu huǐ de
"可怜的傻瓜！你会后悔的！"

pí nuò cáo yǒu diǎn er hài pà dōng zhāng xī wàng kě tā shén me rén yě
皮诺曹有点儿害怕，东张西望，可他什么人也

méi jiàn dào chē zi yòu zǒu le bàn gōng lǐ de shí hou pí nuò cáo yòu tīng jiàn
没见到。车子又走了半公里的时候，皮诺曹又听见

nà hěn qīng de shēng yīn duì tā shuō xiǎo shǎ guā nǐ
那很轻的声音对他说："小傻瓜，你

yào jì zhù hái zi bù kěn xué xí zhǐ xiǎng wán
要记住！孩子不肯学习，只想玩

er jié guǒ dōu zhǐ huì dǎo dà
儿，结果都只会倒大

霉……这个我有教训,我知道! 总有一天你也会像

我今天一样地哭的……"

木偶听到这番很轻很轻,轻得像耳语似的话,

有生以来还没那么害怕过,连忙从驴子屁股上跳

下来,跑过去抓住驴子的嘴。啊,这头驴子竟然在

哭……而且哭得完完全全像个孩子!

赶车地说:"别浪费咱们的时间去看

驴子哭了。骑上去吧,咱们要走了。夜

很冷,路很长。"

皮诺曹没说什么,马上照办。

车子重新上路。天亮的时候,他

们兴高采烈地来到了"玩儿国"。

这个国家跟世界上任何

国家不同。它全国都是小孩

子,最大的14岁,最小的才8岁。

满街都是嘻嘻哈哈声,吵闹声,叫

hǎn shēng jiào rén tóu dōu gǎo hūn le suǒ
喊声,叫人头都搞昏了!所

yǒu de qiángshang dōu kě yǐ dú dào yòng tàn xiě
有的墙上都可以读到用炭写

de zuì hǎo wán de dōng xi xiàng wán jù wàn
的最好玩的东西,像"完具万

shuǐ yīng gāi shì wán jù wàn suì wǒ men
水"(应该是"玩具万岁")、"我们

bú zài yào xué xiǎo yīng gāi shì wǒ men bú zài
不在要学小"(应该是"我们不再

yào xué xiào dǎ dào suàn shù yīng gāi shì
要学校")、"打到算树"(应该是

dǎ dǎo suàn shù děngděng děngděng
"打倒算术")等等,等等。

pí nuò cáo xiǎo dēng xīn yǐ jí gǎn chē de dài lái
皮诺曹、小灯芯,以及赶车的带来

de yí dà chē hái zi jìn le chéng yí xià chē jiù mǎ shàng
的一大车孩子,进了城一下车就马上

tóu rù zhè zhǒng dà hùn luàn zhī zhōng cái jǐ fēn zhōng tā
投入这种大混乱之中。才几分钟,他

men yǐ jīng hé suǒ yǒu de hái zi jiāo shàng le péng you tiān
们已经和所有的孩子交上了朋友。天

底下还有谁能比

他们更幸福，更快

活呢？

在没完没了的种种玩乐

当中，一个钟头又一个钟头，

一天又一天，一个星期又一个星期，飞也似的过去

了。一下子5个月过去了。可是

有一天皮诺曹清早醒来，就

像老话说的，遇到了一个晴

天霹雳，一下子什么

劲都没有了。

# dì sān shí èr zhāng  biàn chéng lú zi
# 第三十二章　变成驴子

　　这是一个什么晴天霹雳呢？这个晴天霹雳就是：皮诺曹早晨醒来，自然而然地伸手去抓头，他一抓头竟发现他的两只耳朵变得比手掌还大。

　　木偶有生以来，两只耳朵是很小很小的，小得连看也看不见！当现在两只耳朵一夜工夫变得那么长，长得像两把地板刷子的时候，木偶是多么吃惊啊！

　　他马上去找镜子照，可是镜子没找到，就在洗脸架上的洗脸盆里倒上水，往水里一看，就看见了他头上多了一对妙不可言的驴耳朵。

他开始又哭又叫，用脑袋去撞墙。可他越是

绝望，耳朵长得越长，直到耳朵尖都长出毛来。

听到这哇哇叫声，住楼上的一只漂亮的土拨鼠走进木偶的屋子，看见他像发了疯似的，就说："你别哭了，谁叫你不听话的！我告诉你吧，在两三个钟头之内，你就不再是一个木偶，也不是一个孩子，你就要变成一头真正的驴子，跟拉车和驮白菜、生菜到菜市去的驴子一模一样。"

"噢！我真苦命啊！我真苦命啊！"皮诺曹哭叫着，用手拼命地抓住这两只耳朵。

"我亲爱的，"土拨鼠为了安慰他，对他说，"你不该听你朋友的话。不爱书本，不爱学校，不爱老师，整天玩乐，早晚都要变成这种小驴子。"

"但我，我是个木偶，没头脑……没心肝。如果我有一点心肝，我就不会抛弃好仙女了。而且现在也不再是个木偶了！我已经是个

真正的孩子。现在我要是碰到小灯芯，我要叫他
倒霉，谁让他诱惑我的！"

他说着就要出去，可他刚到门口，就想起那对
驴耳朵，真不好意思让人看到。他想了一个办法，
拿起一顶棉的大尖帽戴在头上，一直拉到鼻尖那儿。

他这才出去，到处找小灯芯。他在街上找，在
广场上找，在小戏棚里找。到处都找遍了，就是
找不到小灯芯。他在街上见人
就问，可谁也不知道。

于是他上小灯芯
住的地方去找，到了他
家就敲门。

"谁呀？"小灯芯
在里面问。

"是我！"木

偶回答说。

"等一等，我这就给你开门。"

过了半个钟头门才打开。原来小灯芯也长出了一对驴耳朵。木偶看见了，把自己头上的帽子取了下来。他们互相看着先是哈哈大笑，然后又互相抱着哭着摇摇晃晃地叫起来。

他们正叫嚷间，突然两个都在地上趴了下来，变成了两头真正的驴子。他们又害臊又伤心，开始哇哇大哭，抱怨命苦。

可是到头来连抱怨叫苦也办不到了！他们发出来的不是叫苦抱怨的话，而是驴子的叫声。

他们同声大叫：伊—呀，伊—呀，伊—呀。

这时候外面有人敲门，说："开门！是我，带你们上这儿来的赶车人。马上开门，要不你们就倒霉了！"

# 第三十三章　悲惨的驴子生活

那人看见门不开,就狠狠地一脚把门踢开了,走进屋子,他还是那么笑嘻嘻地对皮诺曹和小灯芯说:"能干的孩子!你们学驴子叫学得不坏,看来,我又可以捞进一笔大钱了。"原来,那赶车的是个坏蛋,专门骗那些不爱学习的小孩子,等他们玩久了,忘了本变成驴子,就把他们卖掉赚钱。这些年他可赚了不少呢!

的确,买主马上就来了。

小灯芯让一个农民给买去了。买皮诺曹的是个马戏班班主。他买皮诺曹是为了训练他,让他同

mǎ xì bān de qí tā dòng wù yì qǐ yòu tiào yòu wǔ
马戏班的其他动物一起又跳又舞。

pí nuò cáo bèi mài dào mǎ xì bān hòu guò zhe shòu
皮诺曹被卖到马戏班后，过着受

jìn nüè dài kǔ bù kān yán de rì zi zài gè yuè de
尽虐待、苦不堪言的日子。在3个月的

pí biān ái dǎ xià tā hái bèi pò xué huì le gè zhǒng gè yàng
皮鞭挨打下，他还被迫学会了各种各样

liǎo bu qǐ de biǎo yǎn jì qiǎo
了不起的表演技巧。

zhōng yú dào le zhè yì tiān tā de zhǔ rén kě yǐ xuān bù
终于到了这一天，他的主人可以宣布

yǎn chū yì chǎng zhēn zhèng jīng rén de jié mù le wǔ yán liù sè de
演出一场真正惊人的节目了，五颜六色的

hǎi bào tiē mǎn dà jiē xiǎo xiàng gè gè jiǎo luò
海报贴满大街小巷各个角落，

hǎi bào shang xiě zhe
海报上写着：

shèng dà yǎn chū jīn yè gèng duō jīng cǎi
盛大演出：今夜更多精彩

jié mù fèng xiàn zhù míng yǎn yuán wǔ dǎo míng
节目奉献，著名演员、舞蹈明

xīng lú zi pí nuò cáo shǒu cì dēng tái yǎn chū
星驴子皮诺曹首次登台演出。

xì yuàn tōng liàng rú tóng bái zhòu
戏院通亮如同白昼。

zhè tiān wǎnshang kāi chǎngqián yī xiǎo shí
这天晚上开场前一小时，

xì yuàn jiù mǎn zuò le
戏院就满座了。

mǎ xì chǎng de tái dèngshang xiàng mǎ yǐ shì de jǐ mǎn le xiǎo wá wa
马戏场的台磴上，像蚂蚁似的挤满了小娃娃，

xiǎo jiě er yǐ jí gè zhǒng bù tóng nián líng de hái zi tā men kě wàng zhe
小姐儿，以及各种不同年龄的孩子。他们渴望着

yào kàn dà míng dǐng dǐng de lǘ zi yǎn yuán pí nuò cáo tiào wǔ
要看大名鼎鼎的驴子演员皮诺曹跳舞。

dì yī bù fen jié mù jié shù hòu mǎ xì bān bān zhǔ chū chǎng le tā
第一部分节目结束后，马戏班班主出场了，他

shēnshēn yì jū gōng rán hòu yòng jí qí zhuāng yán de shēng yīn shuō chū yí dà duī
深深一鞠躬，然后用极其庄严的声音说出一大堆

chuī xū de huà lái jiè shào pí nuò cáo
吹嘘的话来介绍皮诺曹。

biǎo yǎn kāi shǐ le
表演开始了。

bān zhǔ duì pí nuò cáo shuō
班主对皮诺曹说：

zài biǎo yǎn yǐ qián xiān duì zài
"在表演以前，先对在

zuò zhū wèi zūn guì de guānzhòng
座诸位尊贵的观众，

qí shì men nǔ shì men
骑士们，女士们，

小朋友们行个礼吧！"

皮诺曹听话地马上把两个前膝跪在地上，一直跪到班主把鞭子一抽，对他叫道：

"开步走！"

于是驴子站起来，开始绕马戏场走。

走了一会儿，班主又叫：

"小步跑！"

皮诺曹听从命令，从走改为小步跑。

"大步跑！"

皮诺曹改为大步跑。

"飞跑！"

皮诺曹于是飞也似的跑。他正像快马一样跑的时候，班主举起一只胳膊，朝天开了一枪。

驴子一听枪响，马上装作受伤，直挺挺倒在地上，好像真的死了。

他在越来越响的掌声和叫好声中站起来，很自然就抬起头向上望望……他一望就看见一个包厢里有一位美丽的太太，脖子上挂着一串很大的金项链，项链上吊着一个画像。这是一个木偶的像。

"这是我的像啊！这位太太是仙女！"皮诺曹心里说，马上认出她来了，他感到万分高兴，就想大叫："噢，我的好仙女！噢，我的好仙女！"

可是发出来的不是人话而是驴叫声，叫得又响又长，戏院里的观众都哈哈大笑起来。

班主为了教训他，为了让他懂得，当着观众的面这样伊—呀，伊—呀大叫是没有规矩的，就用鞭

<sup>zi bǐng zài tā bí zi shang hěn hěn dǎ le yí xià</sup>
子柄在他鼻子上狠狠打了一下。

<sup>kě lián de lú zi shēn chū yì bā zhǎng cháng de shé tou bǎ bí zi tiǎn</sup>
可怜的驴子伸出一巴掌长的舌头，把鼻子舔

<sup>le qǐ mǎ wǔ fēn zhōng yǐ wéi zhè yàng kě yǐ jiǎn qīng yì</sup>
了起码五分钟，以为这样可以减轻一

<sup>diǎn tā gǎn dào de tòng chǔ</sup>
点他感到的痛楚。

<sup>tā zài zhuǎn guò liǎn qù yí kàn kě shì bāo xiāng</sup>
他再转过脸去一看，可是包厢

<sup>kōng le xiān nǚ yǐ jīng bú jiàn le tā shì duō me de</sup>
空了，仙女已经不见了，他是多么的

<sup>shāng xīn hé shī wàng a</sup>
伤心和失望啊！

<sup>hòu lái tā kāi shǐ bù zhuān xīn de biǎo yǎn le</sup>
后来，他开始不专心地表演了，

最后在跳圈时，不小心摔断了腿。

第二天早晨，一位兽医来看过他以后说，他要一辈子瘸腿了。

班主没办法，只好让管畜栏的人带他到市场上卖掉。

到了市场上，马上找到了买主。那买主只不过是要皮诺曹的皮，想拿这张皮给家乡的乐队蒙个大鼓。

这买主付了20个子儿，把驴子带到海边一个悬崖上。他在

lú zi bó zi shangdiào yí kuài dà shí tou　　yòng yì gēn shéng zi
驴子脖子上吊一块大石头，用一根绳子

bǎng zhù tā yì tiáo tuǐ　shéng zi lìng yì tóu
绑住他一条腿，绳子另一头

zhuā zài shǒu li　měng dì yì tuī　bǎ tā tuī
抓在手里，猛地一推，把他推

dào shuǐ li qù le
到水里去了。

yóu yú bó zi shangdiào
由于脖子上吊

zhe nà me kuài dà shí tou
着那么块大石头，

pí nuò cáo mǎ shàng jiù chén dào
皮诺曹马上就沉到

hǎi dǐ　mǎi zhǔ yì zhí zhuā
海底，买主一直抓

jǐn shéng zi　　zuò zài xuán yá
紧绳子，坐在悬崖

shang　zhǐ děng lú zi dào shí
上，只等驴子到时

hou yān sǐ　hǎo bāo tā de
候淹死，好剥他的

pí
皮。

# 第三十四章　落入鲨鱼肚子

驴子落到水里以后过了50分钟，买主自言自语说："这会儿我那可怜的瘸腿驴子准已经淹死了。"

于是他动手拉绑住驴子一条腿的绳子，他拉啊，拉啊，拉啊，最后他从水里拉上来的竟不是一头死驴，而是一个活木偶。

他以为是在做梦，呆住了，嘴张得老大，眼睛都突了出来。

等到他从原先的惊讶中清醒一点，结结巴巴地哭着说："我推到海里的驴子上哪儿去啦？"

"这头驴子就是我！"木偶笑着回答说。

"啊，你是驴子？别骗我了，快说我的驴子去哪儿了？"

"我说，我的主人，您想知道全部真相吗？您解开我这只脚上的绳子，我就都告诉您。"

买主是个好事的人，很想知道事情的真相，马上就解开了拴住皮诺曹的绳结。

皮诺曹顿时自由得像天空中的小鸟，于是对他把自己的经历从头至尾说了一遍。

"我才不要听你的故事呢？"买主气得狂叫，

"我只知道我买你花了20个子儿，现在要把钱弄回来。你知道我怎么办吗？我要重新把你牵到市场，当一块生炉子的干木头卖掉。"

"您就卖吧，我很高兴，"皮诺曹说，他说着猛地一跳，跳到水里去了。

他飞快地游离海岸，对可怜的买主叫道："再见了，主人！如果您要张皮做大鼓，就

再买一头真正的驴吧！"

一转眼工夫他已经游得老远，几乎看不见了。

皮诺曹正拼命地游，看见大海当中有一块礁石，很像一块雪白的大理石。他加了把劲向那块雪白的礁石游去。

已经游完一半路程，忽然水里钻出一个海怪的可怕脑袋，冲着他游过来。它的嘴张得老大，活像一个深渊，还露出三排长牙齿，叫人一见就心惊胆战。

这海怪不是别的，正是一条大鲨鱼，前面已经一再提到过。由于它老是为害，贪吃无厌，外号叫"鱼和渔人的魔王"。

可怜的皮诺曹看见这怪物时有多么害怕！

他千方百计要躲开它，换条路游，他千方百计要逃走。

可是这条鱼张开大嘴巴像箭一样直冲着他过来。

皮诺曹尽力游得更快，更快，更快，更快，像一颗出膛子弹。

但不管皮诺曹

再怎么快，怪物

还是追上了

他。怪物深

shēn de yì xī　　bǎ kě lián de mù ǒu xī dào zuǐ li
深地一吸，把可怜的木偶吸到嘴里。

tā láng tūn hǔ yàn de bǎ pí nuò cáo tūn xià qù　pí nuò cáo yí xià zi
它狼吞虎咽地把皮诺曹吞下去，皮诺曹一下子

dào le shā yú dù zi li　hěn hěn zhuàng le yí xià　hūn hūn mí mí de　bù
到了鲨鱼肚子里，狠狠撞了一下，昏昏迷迷的，不

xǐng rén shì
省人事。

děng dào tā cóng zhè zhǒng hūn mí zhuàng tài zhōng xǐng lái　tā fā xiàn zhōu wéi
等到他从这种昏迷状态中醒来，他发现周围

qī hēi yí piàn　tā hài pà de dà kū
漆黑一片，他害怕地大哭

dà jiào　jiù mìng a　jiù mìng a
大叫："救命啊！救命啊！

ō　wǒ zhēn kǔ mìng a
噢，我真苦命啊！

zhè er méi rén néng
这儿没人能

jiù wǒ ma
救我吗？"

shéi néng lái
"谁能来

jiù nǐ ne　bú
救你呢？不

xìng de hái zi
幸的孩子

zài hēi àn
……"在黑暗

zhōng yǒu yí gè hěn
中有一个很

qīng de sī yǎ shēng
轻的嘶哑声

音说。

"说这话的是谁？"皮诺曹问，他只觉得人都吓呆了。

"是我！是一条可怜的金枪鱼，跟你一起被鲨鱼吞进来的。"

"吞下咱们的这条鲨鱼很大很大吗？"木偶问道。

"你想象一下吧，它的身体有1公里长，尾巴还不算在内。"

他们在黑暗中正这么说着，皮诺曹觉得远远好像看见一点微弱的亮光。

"远远那点亮光是怎么回事？"皮诺曹问。

"是咱们的一位患难伙伴，也像咱俩一样，在等着被消化！"

"我想去找找他，

tā huì bú huì shì yì tiáo lǎo yú néng zhǐ diǎn wǒ zěn me táo chū qù ne
他会不会是一条老鱼，能指点我怎么逃出去呢？"

wǒ zhōng xīn zhù nǐ chénggōng qīn ài de mù ǒu
"我衷心祝你成功，亲爱的木偶。"

zài jiàn jīn qiāng yú
"再见，金枪鱼。"

zài jiàn mù ǒu zhù nǐ xìng yùn
"再见，木偶，祝你幸运！"

zán men zài nǎ er zài jiàn
"咱们在哪儿再见？"

shéi zhī dào zuì hǎo hái shi bié xiǎng zhè ge ba
"谁知道……最好还是别想这个吧！"

# 第三十五章　与父亲重逢

皮诺曹在鲨鱼的肚子里摸着黑，向在老远老远一闪一闪的微弱亮光一步一步走去。

借着光亮，不久他看到了一张小桌子，上面

摆着吃的，还有一支点着的蜡烛，插在一个绿色的玻璃瓶上。桌子旁边坐着一个小老头，头发胡子白得像雪，正在那里嚼着一些生猛的小鱼。

可怜的皮诺曹一看见这个人，马上感到大喜过望，差点儿都要昏倒了，原来那位老人竟是他的爸爸！最后他好容易迸发出一阵欢呼，张开胳膊，扑过去搂住小老头的脖子，叫了起来："噢！我的爸爸！我终于又找到您了！从今往后，我永远、永远、永远不再离开您！"

"我眼睛看见的是真的吗？"小老头擦着眼睛回答说，"你当真是我亲爱的皮诺曹吗？"

"是的，是的，是的，真是我！"

"这不是真的吗？"老人激动

得热泪盈眶，把皮诺
曹一把抱在怀里。

"您在这里面关
了多久啦？"皮诺曹
问。

"打那一天到现
在，都有两个年头了。
我的皮诺曹，这两个
年头我觉得就像两个
世纪！"

"那么，我的爸爸，"皮诺曹说，"咱们必须马上
想办法逃走……"

皮诺曹二话不说，拿起蜡烛，走在前面照路，回
头对他爸爸说："跟着我走，别怕。"

他们就这样走了很长一段路，穿过鲨鱼的整
个肚子。可等他们来到怪物的喉咙口，他们想还是

停下来等一等，先看准一个有利时机再逃出去。

现在必须知道，这条鲨鱼太老了，又加上害气喘病和心脏病，睡觉只好张开嘴巴，因此皮诺曹从喉咙口往上看，能够看到张开的大嘴巴外面一大片星空和极其美丽的月光。

"现在逃走正是时候，"他转过脸向他爸爸低声说，"鲨鱼睡熟了。大海平静，亮得如同白昼，爸爸，您跟着我，咱们马上就得救了。"

说干就干，他们顺着海怪的喉咙往上爬，接着他们走过整条舌头，爬过三排牙齿，在狠狠地一跳之前，木偶对他爸爸说：

"骑到我肩膀上，抱得紧紧的，其余的我来想办法对付。"

杰佩托在儿子肩膀上一坐好，皮诺曹就满有把握地跳到水里，游了起来。大海平静无波，月亮发出全部光华。鲨鱼继续安心大睡，睡得那么熟，甚至开大炮也轰不醒它。

# 第三十六章　成为真正的孩子

皮诺曹正要游向海岸的时候，突然觉得爸爸骑在他肩头上，半只脚浸在水里，一个劲地在哆嗦。

皮诺曹安慰他说：

"勇敢点，爸爸！过几分钟就到陆地，咱们就得救了。"可怜的皮诺曹只不过装出一副喜气洋洋的样子，可事实上呢……事实上他已经开始泄气了。他的力气不够，呼吸越来越困难，越来越急促……一句话，他再也不行了，可海岸还远着呢。

这时，一条金枪鱼也从鲨鱼肚子里逃了出来。

"你来得正好！我求求你，你像爱你那些小金枪鱼

那样救救我们吧，要不我们就完蛋了。"皮诺曹央

求地说。

金枪鱼答应了，很快驮着他们，把他们送到了

岸上。

这时天已经亮起来。杰佩托都快站不住了，皮

诺曹向他伸出手来对他说："靠在我的胳膊上吧，

亲爱的爸爸，咱们走。咱们慢慢地，慢慢地走。"走

了百来步，他们看见田野当中的小道尽头有座漂

亮的小屋，用干草搭的，顶上盖着瓦。

"这小屋准住着人。"皮诺曹说着，便走过去敲

敲门。

开门的原来是以前被皮诺曹赶出来的小蟋蟀。

"噢！我的亲爱的小蟋蟀！"皮诺曹很有礼貌地向

它行礼道。小蟋蟀见皮诺曹很懂礼貌了，于是收留

了他们。皮诺曹感动得哭了起来。

等到哭够了，他就擦干眼泪，用干草铺好了床，

ràng lǎo jié pèi tuō tǎng dào shàngmiàn　　jiē zhe tā wèn huì shuō huà de xī shuài
让老杰佩托躺到上面。接着他问会说话的蟋蟀：

gào su wǒ　xiǎo xī shuài　dào nǎ er wǒ néng gěi wǒ kě lián de bà ba nòng
"告诉我，小蟋蟀，到哪儿我能给我可怜的爸爸弄

dào yì bēi niú nǎi ne
到一杯牛奶呢？"

lí zhè bù yuǎn de dì fang　yǒu gè zhòng cài de　tā yǒu hǎo jǐ tóu
"离这不远的地方，有个种菜的。他有好几头

nǎi niú　nǐ shàng tā nà er　jiù néng tǎo dào nǐ yào de niú nǎi le
奶牛。你上他那儿，就能讨到你要的牛奶了。"

pí nuò cáo tīng le　jiù shàngzhòng cài de nà er qù yào　kě zhòng cài
皮诺曹听了，就上种菜的那儿去要。可种菜

de shuō niú nǎi yào qián mǎi　méi bàn fǎ　pí
的说牛奶要钱买。没办法，皮

nuò cáo zhǐ hǎo dā
诺曹只好答

yìng tì zhòng cài de
应替种菜的

yáo lù lu chōushàng lái　　tǒng shuǐ　huàn qǔ　yì bēi niú nǎi
摇辘轳抽上来100桶水，换取一杯牛奶。

cóng zhè tiān qǐ　zhěngzhěng　gè yuè gōng fu　　pí nuò cáo měi tiān tiān méi
从这天起，整整5个月工夫，皮诺曹每天天没

liàng jiù qǐ chuáng pǎo qù yáo lù lu　zhōng yú huàn lái le　yì bēi niú nǎi　niú
亮就起床，跑去摇辘轳，终于换来了一杯牛奶。牛

nǎi shǐ tā bà ba xū ruò de shēn tǐ hǎo qǐ lái le　　kě tā duì zhè hái bù
奶使他爸爸虚弱的身体好起来了。可他对这还不

mǎn yì　yīn cǐ tā yòu xué huì le biān cǎo lán biān cǎo kuāng bǎ zhèng lái de qián
满意，因此他又学会了编草篮编草筐，把挣来的钱

huā de hěn jié shěng　chú cǐ yǐ wài　tā hái qīn zì zuò le yí liàng piào liang
花得很节省。除此以外，他还亲自做了一辆漂亮

de zuò yǐ chē　tiān qì hǎo jiù tuī tā bà ba chū qù sàn bù　ràng tā bà ba
的坐椅车，天气好就推他爸爸出去散步，让他爸爸

hū xī xīn xiān kōng qì　　wǎnshang tā dú shū xiě zì　　tā zhè yàng yǒu zhì yú
呼吸新鲜空气。晚上他读书写字。他这样有志于

xué xí gàn huó hé shàng jìn　bú dàn shǐ tā tǐ ruò de fù qīn shí fēn gāo xìng
学习、干活和上进，不但使他体弱的父亲十分高兴，

ér qiě gěi zì jǐ zǎn qǐ le　　gè zǐ er mǎi xīn shàng yī
而且给自己攒起了40个子儿买新上衣。

yì tiān zǎo chen　tā shàng fù jìn shì chǎng zhǔn bèi gěi zì jǐ mǎi yí jiàn
一天早晨，他上附近市场，准备给自己买一件

xiǎo wài yī　hū rán tā tīng jiàn yǒu rén jiào tā de míng zi　tā huí tóu yí
小外衣，忽然他听见有人叫他的名字。他回头一

kàn　shì yì zhī wō niú
看，是一只蜗牛。

nǐ bú rèn shi wǒ le ma　zhù zài
"你不认识我了吗？住在

tiān lán sè tóu fa xiān nǚ jiā de nà zhī wō
天蓝色头发仙女家的那只蜗

niú　nǐ bú jì de le ma　wǒ de pí
牛，你不记得了吗？我的皮

诺曹！可怜的仙女躺在医院里了！太不幸了！她遭了那么多打击，生了重病，而且穷得连一口面包也买不起。"

听了蜗牛的话，皮诺曹非常着急，他连忙把身上所有的钱给了蜗牛，让它给小仙女送去。这次蜗牛一反它的老脾气，跑得飞快。

皮诺曹回到家，爸爸问他："你的新衣服呢？"

"我找不到一件合身的。没法子……下回再买吧。"

这天晚上，皮诺曹不是10点上床，而是半夜敲了12点

cái shàngchuáng tā bú shì biān gè lán zi ér shì biān le gè
才上床。他不是编8个篮子，而是编了16个
lán zi
篮子。

　　tā yí shàngchuáng jiù shuì zháo le tā hǎo xiàngmèng jiàn xiān nǚ
　　他一上床就睡着了，他好像梦见仙女
le tā shì nà me piào liang wēi wēi xiào zhe wěn le wěn tā duì
了。她是那么漂亮，微微笑着，吻了吻他，对
tā shuō
他说：

　　hǎo yàng er pí nuò cáo wèi le bào dá nǐ de hǎo xīn wǒ
　　"好样儿，皮诺曹！为了报答你的好心，我
yuán liàng le nǐ dào jīn tiān wéi zhǐ suǒ zuò de
原谅了你到今天为止所做的
yí qiè táo qì shì
一切淘气事。
hái zi chōngmǎn ài xīn
孩子充满爱心
bāng zhù zāo dào bú xìng
帮助遭到不幸
de shēngbìng fù mǔ
的生病父母，
dōu yīng dāng shòu dào
都应当受到
chēng zàn dé dào téng
称赞，得到疼
ài nǎ pà tā men
爱，哪怕他们

bù néng chéng wéi tīng huà hé pǐn xíng yōu liáng de mó fàn hái zi    yǐ hòu yì zhí
不能成为听话和品行优良的模范孩子，以后一直

zhè yàng xiǎo xīn jǐn shèn de zuò rén ba    nǐ huì xìng fú de
这样小心谨慎地做人吧，你会幸福的。"

mèng zuò dào zhè lǐ wán le    pí nuò cáo xǐng lái    zhēng dà le yǎn jing
梦做到这里完了，皮诺曹醒来，睁大了眼睛。

yīn wèi tā yǐ jīng bú shì yí gè mù ǒu    tā biàn chéng le yí gè hái zi    gēn
因为他已经不是一个木偶，他变成了一个孩子，跟

suǒ yǒu de hái zi yì mú yí yàng    tā xiàng sì zhōu yí kàn    kàn dào de yǐ jīng
所有的孩子一模一样！他向四周一看，看到的已经

bú shì yuán lái nà zuò xiǎo fáng zi de gān cǎo qiáng bì    ér shì yí gè piào liang de
不是原来那座小房子的干草墙壁，而是一个漂亮的

xiǎo fáng jiān zhuāng shì bǎi shè de shí fēn yōu yǎ    tā lián máng tiào xià chuáng kàn
小房间，装饰摆设得十分优雅。他连忙跳下床，看

jiàn chuáng biān yǐ jīng fàng zhe yí tào piào liang
见床边已经放着一套漂亮

de xīn yī fu    yì dǐng xīn mào zi hé yì
的新衣服、一顶新帽子和一

shuāng pí xuē zi    duì tā zài hé shì méi yǒu le
双皮靴子，对他再合适没有了。

　　tā yì chuānshàng yī fu    shǒu zì rán ér rán de chā jìn kǒu dai    què tāo
　　他一穿上衣服，手自然而然地插进口袋，却掏

chū le yí gè xiǎo xiǎo de xiàng yá qián bāo    qián bāo shang xiě zhe zhè me yí jù
出了一个小小的象牙钱包。钱包上写着这么一句

huà    tiān lán sè tóu fa de xiān nǚ huán gěi tā qīn ài de pí nuò cáo sì shí
话："天蓝色头发的仙女还给她亲爱的皮诺曹四十

gè tóng bì    bìng duō xiè tā de hǎo xīn    tā dǎ kāi qián bāo yí kàn    lǐ miàn
个铜币，并多谢他的好心。"他打开钱包一看，里面

kě bú shì    gè tóng bì    ér shì    gè jīn bì    zhǎn xīn de    gè jīn
可不是40个铜币，而是40个金币，崭新的40个金

bì    yì shǎn yì shǎn de fā zhe liàngguāng
币，一闪一闪地发着亮光。

　　pí nuò cáo qù zhào jìng zi    jìng zi li shì yí gè piào liang de nán hái
　　皮诺曹去照镜子，镜子里是一个漂亮的男孩

er    jīng shén jí le    wǒ de bà ba ne    tā hū rán jiào qǐ lái    tā
儿，精神极了。"我的爸爸呢？"他忽然叫起来。他

zǒu jìn páng biān yì jiān fáng jiān    kàn jiàn lǎo jié pèi tuō shēn tǐ jiàn kāng    jīng shén
走进旁边一间房间，看见老杰佩托身体健康，精神

dǒu sǒu    xìng gāo cǎi liè    gēn zǎo xiān yí yàng    tā yòu gàn qǐ le tā de diāo
抖擞，兴高采烈，跟早先一样，他又干起了他的雕

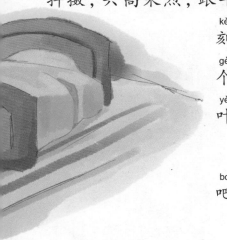

kè lǎo hángdang    zhèng zài jīng xì de shè jì yí
刻老行当，正在精细地设计一

gè jí qí piào liang de huà kuàng    shàngmiàn dōu shì
个极其漂亮的画框，上面都是

yè zi    huā duǒ hé gè zhǒngdòng wù de tóu
叶子、花朵和各种动物的头。

　　tài qí guài le    bà ba    gào su wǒ
　　"太奇怪了，爸爸，告诉我

ba    zhè yí qiè de tū rán biàn huà    nín shuō
吧！这一切的突然变化，您说

是怎么回事呢？"皮诺曹扑过去抱住他的脖子，亲着他问。

"咱家这种突然变化，全都亏了你。"杰佩托说。

"为什么亏了我？"

"因为孩子从坏变好，还有一种力量可以使他们的家换一个样子，变得快快活活的。"

"原来的木偶皮诺曹它藏在哪儿呢？"

"在那儿，"杰佩托回答说，给他指指一个大木偶。这木偶坐在一把椅子上，头歪到一边，两条胳膊耷拉下来，两条腿屈着，交叉在一起，叫人看了，觉得它能站起来倒是个奇迹。

皮诺曹转过脸去看它，看了好半天，极其心满意足地在心里说："当我是个木偶的时候，我是多么滑稽可笑啊！如今我变成了个真正的孩子，我又是多么高兴啊！"